NiTianLeWoDeXianTian

你甜了我的夏天

鱼子酱 著

百花洲文艺出版社
BAIHUAZHOU LITERATURE AND ART PRESS

图书在版编目（CIP）数据

你甜了我的夏天 / 鱼子酱著. -- 南昌 : 百花洲文艺出版社, 2018.7

ISBN 978-7-5500-2823-4

Ⅰ. ①你… Ⅱ. ①鱼… Ⅲ. ①长篇小说－中国－当代 Ⅳ. ①I247.5

中国版本图书馆CIP数据核字(2018)第106411号

出 版 者　百花洲文艺出版社
社　　址　江西省南昌市红谷滩世贸路898号博能中心A座20楼　邮编：330038
电　　话　0791-86895108（发行热线）　0791-86894790（编辑热线）
网　　址　http://www.bhzwy.com
E-mail　bhzwy0791@163.com

书　　名　你甜了我的夏天
作　　者　鱼子酱
出 版 人　姚雪雪
责任编辑　王俊琴
特约编辑　周丽萍
装帧设计　颜小曼
封面绘制　Amber　小当佳
经　　销　全国新华书店
印　　刷　长沙鸿发印务实业有限公司（长沙黄花工业园三号　邮编410137）
开　　本　880mm×1230mm　1/32
印　　张　8.5
字　　数　185千字
版　　次　2018年7月第1版
印　　次　2018年7月第1次印刷
定　　价　ISBN 978-7-5500-2823-4
书　　号　32.80元

赣版权登字：05-2018-216

目录

Contents

目录

Contents

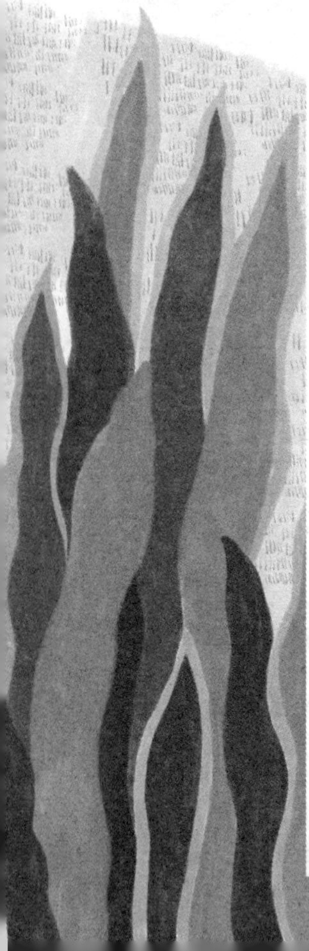

第一章 开发商VS钉子户

01. 老宅

“今日，华盛集团成功被翼博公司收购，这在商场或许是最为常见的商业手段，但令人咂舌的是，收购者与被收购者的关系，竟是亲生父子。没错，翼博公司的总裁黎沂辰正是华盛集团董事长黎华盛的亲生儿子，两人在商场上斗争多年，终究青出于蓝而胜于蓝，儿子成功攻破老子，成为华盛集团的现任董事……”

“谁都知道，华盛集团最近面临着让众多股东头疼的事情，城北老巷的开发，全卡在了一家钉子户上，工程前后拖了有半年之久，一直苦于找不到解决的办法，可新任总裁黎沂辰在签字仪式上，非常自信且郑重地宣布，他会在一周之内解决这个问题，请看当时我台记者发回来的实时报道……”

“既然我有能力接手华盛，那所有的问题都不是问题，给我一个星期，我黎沂辰一定会让项目成功启动！”

电视里播报着今天的时事新闻，一张自信傲慢又冷绝的面孔，出现在大大小小的荧幕上，若不是隔着屏幕，那冷锐的眸，仿佛都能把人看出个窟窿。

“哇！黎沂辰果然是万千女性最想嫁的钻石王老五,不仅帅气多金，而且魄力十足，这跟我在小说里看的那种霸道总裁简直如出一辙，天啦……少女心快要爆炸啦！”一个绑着双马尾辫的少女坐在沙发前，对着电视荧幕，两眼突突地冒着花痴的爱心。

“小妹，你清醒一点好不好？”

夏纾凌随手抓起一旁的枕头就砸了过去，嘴巴里嘎吱嘎吱地嚼着薯片，那盯着屏幕恶狠狠的表情，仿佛嘴巴里嚼着的是某人的骨头。

“我就不信，他老子都没办法的事，他一个毛都没脱干净的小白脸会做到！像他这种人，我见得多了，仗着自己有几个臭钱还有几分姿色，外人再奉承几句，自己姓什么都给忘了。”

“不是啊老姐，他真的很有本事的，不然怎么可能自己白手起家，然后还收购他老爸的公司呢？”夏小悠不服气地反驳了两句，眼睛始终盯着电视屏幕，仿佛多看一眼就能多活一年一样。

“夏小悠，你是白眼狼儿啊？你搞清楚状况，他们要拆的可是我们的房子，你就这么希望我们露宿街头啊？”夏纾凌忍无可忍，直接把手里的薯片丢了过去，碎渣掉得满地都是。

见姐姐是真的生气了，夏小悠只好悻悻地闭了嘴，捡起落在身上的薯片往嘴里送，呵呵，不能浪费。

父母去世后，留给她们的也只有这个老宅了，夏小悠还要上学，家里的一切开支都来源于夏纾凌。长姐如母，再加上体恤老姐的辛劳，所以，大凡小事，夏小悠还是愿意听夏纾凌的。

虽说房屋拆迁会有一笔不少的赔偿金，但老宅承载了两姐妹从小到大的时光和回忆，如今父母不在了，老宅便更不能被拆掉了，或许，这是两姐妹目前唯一的精神支柱了吧？

老巷的开发项目很早就启动了，所以周边的住宅建筑什么的也都拆得差不多了。当初为了逼两姐妹搬家，开发商断水断电、封路恐吓什么都做过了，可无奈两人兵来将挡水来土掩，拖拖拉拉、勉勉强强的，居然就这么过去了大半年。

当然，这其中还少不了一个人的功劳，那就是和夏纾凌从小玩到大的发小——宋轶。

断了水，他就隔三岔五地开着他的小摩托来给她们送水。

断了电，他就把自己家的发电机给偷过来，后来发现发电机既费钱又费事儿，就索性牵了一根电线到老宅。当然，没被电死，那是他命大，不过好在成功了，省了一大笔电费。

总之，这个热心肠的男人，也算是为老宅鞠躬尽瘁死而后已了。

宋轶跟夏纾凌一样，没去上大学。当然，夏纾凌是因为刚好碰到父母过世，没钱上大学，而宋轶是没考上，还口口声声地说，他志不在此，而被问及他有什么鸿鹄之志时，他又不好意思地挠挠头，说什么还没想好，还没想好，总之，也是个让父母头疼且无奈的孩子。

今天店里关门早，于是他早早就跑来了老宅，还带过来一大袋零食。

一听到摩托车熄火的声音，夏小悠跑得最快了，连鞋子都来不及穿，便嗒嗒嗒地光着脚去开了门。

“我就知道是小铁哥哥。哇，又带了这么多好吃的啊？”夏小悠一把拿过塑料袋，像小老鼠一样开始窸窸窣窣地找自己爱吃的了。

“小铁，我都说好几次了，不要再给我们带东西了，不然你妈那个小超市，迟早被你给搬空！”夏纾凌也从里面走了出来。

正值初夏，天还没黑透，夏纾凌一身薄荷色的长裙，看起来清新又靓丽，刚洗完头，未干的长发有些凌乱，她手里拿着一块白色毛巾，有一下没一下地擦着头发，嘴角挂着淡淡的笑意。

宋铁看得有些傻了，虽然从小看到大，但每次见面，都感觉像是看不够一样。夏纾凌这张脸虽算不上绝世美貌，但好在白白净净、浓眉大眼，给人以乖巧可爱的印象，当然，是在不说话的情况下。

“不用担心，这么点东西，不会让我家破产的。”宋铁定了定神，照例往院墙四周看了一番，“再说了，夏叔叔在的时候，就经常嘱咐我，要照顾好你们，不能让外人给欺负了。”

夏纾凌扑哧一笑。说真的，她真的蛮感激宋铁的，要不是他，她们兴许撑不到现在，可嘴上却有些不服气道：“得了吧你，这都是我爸在我们小学的时候说的话了。再说了，你在学校惹事，哪一件不是我替你摆平的？”

宋铁急了，扬声道：“我那个时候是营养不良，你看我现在，这体格？这肌肉？”

宋铁边说边秀身材，一旁的夏小悠笑得咯咯咯的，而夏纾凌也嫣然一笑，朝里屋走去。

“快洗手来吃饭吧。早知道你会来，给你做了你最爱吃的糖醋肉丸。”

声音在堂屋里回荡，伴着落日的余晖和归巢的鸟鸣，简单而又平凡的一天，貌似就这么平静地拉下了帷幕。

或许明天又会迎来新的挑战，谁知道呢？

02. 总裁先生

华盛集团会议室内，众人正叽叽喳喳地讨论城北老巷拆除钉子户的问题。黎沂辰坐在中间，手托着下巴，轻蹙着眉头，一副烦躁不悦的表情。

“总裁，这是那家钉子户在各媒体发布的文章，说什么老宅对她们的意义，声情并茂，当时打动了很多人，网上大部分的网友都倾向于她们，更夸张的是，她们居然还说她们的老宅是祖上传下来的，明清时期，还是什么大官员住的府邸，说我们不能破坏文物遗址什么的……”

说话的是这次项目的总负责人刘工，那无奈的表情，似乎是对此事一点辙都没有。

黎沂辰斜眼瞄了刘工一下，刘工便悻悻地缩回脖子不敢多言语一句，此事拖了半年之久，明面上的损失就已经不少，如今项目不能启动，现在的舆论压力又那么大，这半年来，真真是没有睡过一个好觉。

早就听闻新老板的脾性不好，且自从进了会议室，便一直黑着一张脸，刘工擦了擦额头的汗，心里难免有些焦躁，看来十有八九是要做炮灰了。

“你以后就不用为这件事操心了。”总裁还未发话，他一旁的秘书倒是先开了口。

刘工细细地理解了这句话后，还以为是总裁有办法解决，从此不再让他费心时，秘书后面一句话，顿时如晴天霹雳般袭来——

“总裁接手华盛后，本就打算来一次彻底的人事调动，这个工程拖了大半年也不见成效，可见你的办事能力值得怀疑，所以，去人事部领这个月的工资吧，希望你能在其他的地方发光发热。”

张秘书扶了扶鼻梁上的眼镜，一身黑色西装外加冷绝的气势，就像是冬日里的冰窟窿一样，毫无温度可言。

还真是什么气质的人用什么气质的秘书，两个人往那儿一站，整个一座冰岛。

“总……总裁，你不能开除我啊！你再给我三天，我一定……一定可以解决这家钉子户的……”

很明显是话还没说完，便被门外的保安给拖了出去。

这下子，本就落针可闻的会议室，变得更加安静了，个个都低着头不敢出声，生怕下一个被拖出去的就是自己。

“在座的各位不要紧张，在收到人事调动通知以前，做好自己手头上的事情就好了，散会！”

黎沂辰依旧不发一语，似他的一个眼神，张秘书就能立马会意，这也是黎沂辰最满意他的地方吧？可以省心不少。

待会议室的人都走空后，黎沂辰端起桌上的茶杯轻轻地啜了一口。

张秘书微微躬身，把手里的资料放在桌上，说道：“总裁，这是您让我调查的资料。”

黎沂辰抬手一翻，首先映入眼帘的是一张照片，里面的人笑得灿烂，黑发如瀑，浓眉大眼，穿着平平，有着邻家女孩儿的乖巧。当然，对于黎沂辰来说，这只是浩瀚人群中极为普通的一张脸。

“去叫商场的策划部搞一次优惠大酬宾的活动。”黎沂辰淡淡地吐出几个字。

“总裁是要……”张秘书有了些许的揣测。

“特等奖就送巴厘岛豪华双飞五日游。”他那纤长有力的手指轻轻地划过茶杯杯沿，一张帅气无波的脸上刻满了冷峻。

张秘书顿了两秒，瞬间明白了总裁的意思，微微躬身后，转身便离开了会议室。

偌大的会议室里，只剩下黎沂辰一人，他转动椅子面对着落地窗，这是S市的CBD中心，他黎沂辰花了十五年的时间，终于让自己站在了华盛的大楼中心，本是一件大快人心的事情，可不知道为什么，赢了那个人，不仅没有想象中那般愉悦，反而觉得没什么意思。

正在这时，放在桌上的手机响了起来。号码没有存，却非常熟悉。黎沂辰一直盯着振动的手机，直到最后一声挂断，屏幕上显示出一条未接来电信息，而且没两分钟，短信发了过来。

这样的短信，每天都会有一条，可黎沂辰却一条也没点开看过。

墙上的时钟已经指向两点，房间里还亮着昏黄的灯，静谧的夜里，只能听到秒针的滴答声……

漆黑的房间里，静得仿佛只能听见自己的呼吸声，趴在床边的少年揉了揉眼睛，摸了摸床上，发现上面已经没有人。他抬眼扫视房间一圈，发现浴室的门开着，两个字还没从嘴里蹦出来，便听到“嘭”的一声响，像是有人倒在地上的声音，不由得心口一颤，然后，整个世界再次恢复安静……

黎沂辰从噩梦中惊醒过来，额头布满细密的汗珠，脸色有些苍白。他习惯性地看了眼床头，那里有一张照片，只不过被翻转过去，只能看到空白的背面。

十几年过去了，他依旧不能睡一个好觉，黑黑的眼圈和疲惫不堪的双眸，像极了厌倦争斗的困兽。他在床边坐了一会儿后，拿起床头的手机，拨了张秘书的电话。

不管何时何地，电话永远都在响两声后被接起来。

“把华盛最近的项目资料都给我发过来。”

“总裁，资料我已经在十分钟前发到您邮箱了。”张秘书一副早就料到的表情，虽被扰清梦心里多少不爽，但似乎也为自己的未雨绸缪而小小得意。

“好，明早的会议内容我看完后会发你邮箱。”

“没问题，总裁，一定在上班前全部整理好！”

“嘟嘟嘟……”

电话挂了。

张秘书一旁的老婆睡得迷迷糊糊，抱怨了一句：“你那什么狗屁总裁，简直就是周扒皮，自己失眠就算了，还得赔上我们一家……”

张秘书无奈耸耸肩，叹了一口气，安慰道：“别担心，你老公我身强力壮，这么点事，还扛得住……”

03. 抽奖活动

“小妹，快起床啦！都几点了还睡？”夏纾凌嘴里含着牙刷，用脚踢了踢床上裹成一团的夏小悠。

“哎哟，姐，今天周末，就不能让我多睡会儿吗？”夏小悠抱着被子翻了个身，继续刚才未完的美梦。

“睡什么睡啊？昨天的新闻你忘啦？那个姓苹果还是姓梨的可说，一个星期就要搞定我们，我们得赶紧准备准备，时刻警惕，快起来，一会儿小铁都该到了。”

一听到这里，夏小悠立马诈尸般从床上坐起来，睡眼惺忪，一脸花痴道：“对哈，万一黎大总裁亲自登门拜访，我可不能这么素颜见他，得赶紧起来打扮打扮……”

夏纾凌气得一牙刷敲在夏小悠的头上，没好气地骂道：“喂不熟的白眼狼！迟早有天被你气死！”

夏小悠摸摸被敲痛的脑袋，呵呵傻笑道：“开玩笑开玩笑啦！我马上就起来！”说完还不服气地冲着夏纾凌的背影吐吐舌头。

半小时后，宋铁的摩托停在了老宅的门口。

三个人一起吃完早餐后，夏纾凌开始分配任务。

因为不知道又会跟开发商有多久的纠缠，所以首先要保证粮草充足，于是，夏小悠跟宋铁负责出门采购油米和生活用品，而她则坚守阵地，随时恭候那些不速之客。

“阿凌，我们很快就回来，有什么情况，随时给我打电话。”宋铁开动摩托，一副即将要抗战的坚毅模样。

“这大半年，你跟着我们守卫老宅，辛苦了，大恩不言谢，以后你有什么需要我夏纾凌的，我一定赴汤蹈火！”夏纾凌一抱拳，颇有点江湖女侠的风范。

“不用啦！这是我应该做的。”宋轶反而不好意思了。

“哎哟，什么赴汤蹈火，我看老姐，你直接以身相许吧！像小轶哥哥这样的姐夫，我是一百个赞！”夏小悠忍不住调侃。

“死丫头，再乱说，封了你的嘴。好了好了，快去快回。”

这样的玩笑不是第一次了，对于夏纾凌来说，早已不痛不痒，习以为常，可她不知道，宋轶每一次都在盼着她说一个“好”字，哪怕只是玩笑话呢！

宋轶在夏小悠的建议下，去了市区的大型超市。照她的话说，毕竟是持久战，要买的东西有很多，而只有大超市能一次性满足他们的要求。宋轶虽然怕走太远，到时真要有什么不能及时赶回来，但夏小悠一再坚持，他也不好说什么，一路上，油门踩到底，争取快去快回。

超市很大，采购一圈后，已经过去一个小时了。在结账的时候，夏小悠眼珠子一转，拖住宋轶的手，忽然谄媚道：“小轶哥，那个东西买完了，时间还早，不如我们去楼上的商场逛逛？”

宋轶提着两大袋东西，皱眉问道：“逛商场？你还有什么东西要买的吗？”

夏小悠见有得商量，连忙从兜里掏出手机，递到宋轶的跟前：“小轶哥你看，这是我早上收到的短信，说是商场有抽奖活动，人人都可以参加，而且中奖率很高。”

“可是小悠，你姐还在家里等我们回去呢！什么抽奖活动都不靠谱啦！再说了，哪有那么容易中？”

夏小悠正沮丧地想要说“好吧”的时候，忽然一张宣传单递到了他们跟前，上面印的刚好就是这次活动内容。

“这是我们商场今天推出的活动哦，二位可以看一下。”发传单的工作人员笑得一脸亲切，见二人还有些犹豫，忙又补充道，“只要参与就有礼品送哦！活动马上就要开始了，千万不要错过。”

夏小悠本就不甘心这么回去，用乞求的眼神看向一旁的宋轶。宋轶这人心软，最受不了的就是别人的拜托，犹豫了几秒后，点头答应了，不过有个附加条件，那就是抽完奖立马赶回去。夏小悠见得逞，连忙点了点头。

当然，吸引夏小悠的可不只是抽奖活动，而是这次活动请来的形象代言人——堂本。

那是夏小悠最喜欢的偶像男神，没有之一。

因为拿的东西比较多，所以宋轶先把东西拿去寄存，而夏小悠等不及，便自己先上了楼。此时，商场的中心广场已经挤满了人，大多数都是堂本的粉丝，四处可见的手牌和海报，夏小悠也忍不住有些激动起来，左顾右盼，看从哪里能够挤到前面去。

正当夏小悠想要挤进人群的时候，忽然有双手拉住了她，转身一看，原来是刚才那个发传单的工作人员。

“美女，这是你的号牌，一会儿抽奖的时候会用到哦！对了，我们还需要登记参与者的信息，你在这里写上名字就行了。”

“啊，谢谢！谢谢！”

夏小悠看也没看号牌便塞到了兜里，写下名字后便匆忙地挤进了人群。她个子娇小灵活，很快便挤到了前排，人多嘈杂，兜里的手机一直响着，她也完全听不见。

活动进行得很顺利，一点都不像是临时安排的。堂本的出现引爆了全场，粉丝的尖叫声充斥着整个商场，夏小悠双手握拳托住下巴，花痴地流着哈喇子，随着人群一直叫着堂本的名字，嗓子破了也没关系似的。

“那下面我就要抽出今天的大奖了哦！特等奖不仅可以去巴厘岛游玩，而且还能与我共进晚餐哦！”

堂本温柔磁性的嗓音，再次引得全场尖叫。夏小悠也是第一次这么近距离地看着自己的偶像，那场景，简直要晕过去一百次啊！

堂本把手伸进一个玻璃缸里，里面装满了各色的数字彩球，全场一下子安静了下来，满场的少女少妇，都希望成为那个幸运儿。

“188 号哦！”堂本抓出一颗绿色的球，念出了上面的数字。

全场的人都开始低头看自己手里的号牌，一时之间，竟没有人举手回答。

堂本扫视了一下全场，再次念了一遍号码，还是没人应答。

“难道是空号？”堂本跟大家开起了玩笑。

现场笑成了一片，而夏小悠这才想起她还不知道自己的号码是多少呢，连忙从兜里掏出来一看。这一看，差点激动得晕过去，这 188 号不正是她的号牌吗？

“是我，是我！我是 188 号！”

夏小悠激动得又蹦又跳，顿时招来了周围羡慕嫉妒恨的眼神。

堂本也把视线转移到她身上，并弯下腰伸出手，笑着邀请道：“这位可爱的女士，你愿意跟我共进晚餐吗？”

夏小悠整颗心都要跳出胸膛了，点头如捣蒜一般：“我愿意！我当然愿意！”

堂本笑得温柔，用手摸了摸夏小悠的头，说道：“那不见不散哦！”

夏小悠，原地卒。

04. 福祸相依

回到家后，夏小悠激动着把中奖这件事添油加醋、眉飞色舞地向夏纾凌复述了一遍，讲完后，已经口干舌燥，端起桌上的水杯，一饮而尽。

可对夏小悠来说是激奋人心的消息，对夏纾凌来说，却有些不痛不痒，能去巴厘岛游玩当然是一件好事，可是她要考虑的事情太多了，金钱、时间，还有老宅目前的问题。

“这个豪华游的套票是假的吧？哪有费用全包的好事？说不定是勾结旅行社欺骗消费群众的，谁知道有没有一大堆隐性消费什么的？”夏纾凌翻看着中奖的套票，半信半疑。

“不会的。姐，你问小铁哥哥，我们还拿着票去问了工作人员的，说是一切免费，而且住的可都是五星级的酒店，最主要的是……”夏小悠又忍不住花痴起来……

“我看你是被那个什么本的给勾了魂，还共进晚餐呢！夏小悠，你最好搞清楚，你才十七岁，还是个学生，别整天给我满肚子的花花肠子……”夏纾凌丢下套票，去整理买回来的一些东西。

夏小悠委屈地撇撇嘴，把求助的眼光瞥向坐在一旁的宋轶。

宋轶捡起桌面上的票，看了看后，说道：“阿凌啊，不如你就答应小妹吧，这半年来你都没怎么放松过，也该累了。你放心，你们出去尽情地玩，我搬过来住在这里，为你守住老宅，怎么样？”

一看宋轶帮着自己说话，夏小悠屁颠屁颠地附和道：“对啊，老姐，这可是千载难逢的机会，老宅交给小轶哥，你有什么不放心的？”

“我要是能活得你那样无忧无虑，也不会老得这么快了。”里屋传来夏纾凌的声音，“现在可是关键时期，我哪有心情去旅游？”

“可是……”

“好啦，别再说了，这件事你别想了。你放心吧，等老姐以后有钱了，一定给你补一个。”

夏小悠这下完全不高兴了，腾地从座位上站起来，椅子也啪地倒在了地上：“等你有钱？就靠你打那些零工，什么时候才能攒够钱啊？天下掉下来的馅饼你不吃，非得花钱去买。”说完就气呼呼地跑进自己房间，摔了门。

夏纾凌从里屋走出来，看着对面紧闭的房门，皱了眉：“这丫头，还真是饱汉不知饿汉饥，越来越任性了。”

宋轶连忙起身劝和道：“算了，小妹还小嘛，你不要怪她了，等她长大了，自然就知道你的辛苦了，来，我帮你收拾。”

夏纾凌无奈地摇了摇头，进屋前再次看了眼桌上的票，蹙了蹙眉头，眼神有些无奈。

两天后。

开发商那里始终没有任何的动静，颇有点暴风雨前的宁静，倒是夏小悠，因为中奖这件事耍起了小性子，整整两天，都没跟夏纾凌说过一句话。

夏纾凌往嘴里扒了两口饭，气得实在是没什么胃口，啪地放下筷子，把一旁的宋铁给吓了一跳。

“你说她都十七岁了，怎么还这么任性啊？我一个人守护老宅，供养她读书生活，我很容易吗？”夏纾凌说得有些哽咽了。

“好啦好啦，不要生气了，我待会儿再去跟小妹说说。”宋铁说完往夏纾凌碗里夹了块肉，顿了几秒后，有些惴惴地说，“不如你妥协一下，就答应小妹吧！这样的机会这辈子可都没几次，浪费了，我也觉得很可惜吔！”

宋铁的态度转变得这么快，夏纾凌有些不可置信地看着他，不过，宋铁这么一说，她眼里倒是没有那么坚决了。这种事情，谁碰到都会心动的吧？况且她一直以来的梦想，就是能够攒到足够的钱，出去看看这个世界。

宋铁一见似乎有转机，继续道：“你放心，老宅我替你看着。我一个人不够，我还可以把我那些哥们儿叫上。这几天，你就放心大胆地跟小妹尽情玩耍，多拍些照片回来，也让我见识一下外面的世界，怎么样？”

夏纾凌拿起筷子，把碗里的肉塞进了嘴里，良久才咕哝出一句：“让我再想想吧！”

宋轶一看有戏，悄悄地在桌子底下给夏小悠发了短信：“你姐答应要考虑了，估计八九不离十，你答应我的，可要做到哦！”

没一会儿，短信回复过来了：“那当然了，姐夫！”

宋轶看到最后两个字，吃饭吃得更欢了，喝汤的时候还险些呛着。

原来，两人之间早有协议，也只有老实巴交的宋轶，总是这么轻而易举地被小丫头给利用。

结果是，夏纾凌妥协了。

打包好行李坐在机场候机厅的时候，夏纾凌都还有些恍惚，心里老是惴惴不安的，可是从手机翻出巴厘岛的美景图片时，又不免心生向往，不断地安慰自己说，有小轶在，应该没问题的，况且只剩下两天，说不定只是那姓黎的虚张声势呢？还有十分钟就登机了，索性放松一次吧！

从S市到印尼的班机都是凌晨出发的，整整六个小时的飞行时间，让夏家两姐妹撑得是腰酸背痛，不过，在呼吸到异国的清新空气时，整个人豁然清爽了不少，一切的疲劳仿佛都是值得的。

行程进行得很顺利，全程不仅有私人导游和司机，享受的服务也都是高端配置，第一天的行程很快就结束了，蓝天白云，沙滩泳衣，一切都美好得不像话。

按照行程安排，今天晚上便是跟堂本共进晚餐的时刻，夏小悠整个人兴奋紧张到不行，本想一个人去赴宴，但又害怕出丑不知所措，所以，当堂本的车来接她的时候，她把夏纾凌也给拉上了。

因为活动是在公开的场合宣布的，所以这次的晚餐，会有记者媒体随同。用餐的地方就在金巴兰海滩，此时正是看落日的时候，海滩与沙滩的界限分明，沙滩宽阔而又厚重，沙子细腻而又温暖。太阳慢慢躲进云层，夕阳恋恋收回天际。

美不胜收，让人窒息。

“我记得你叫夏小悠对吧？”堂本先开了口。

“啊，对对对！没想到你还记得我的名字。”夏小悠有些受宠若惊，为了气氛不那么尴尬，连忙把夏纾凌拉了过来，“我忘了给你介绍了，这是我姐姐，叫夏纾凌。”

堂本礼貌又温柔地朝夏纾凌笑着点了点头。夏纾凌正在喝果汁，抬眼一看，忍不住提醒：“那个……你眼线好像有点晕妆了……”

这话一出，夏小悠险些被自己的口水呛到，连忙暗暗拉了拉夏纾凌的衣服。

“哦？是吗？不好意思，先失陪一下。”堂本起身去找经纪人，然后不知道去哪里补妆了。

夏小悠的心都落空了，她转过头埋怨：“姐，你要不要那么直接啊？这下好了，一会儿气氛肯定更尴尬。”

夏纾凌倒是一脸的不以为意：“好心提醒也是种善意好吗？就像看到人家没拉拉链，好心提醒一个道理。再说了，我是实在很难喜欢还要画眼线的男人，一点也不 Man。”

夏小悠自认说不赢她，不满地咕哝几句后便也作罢。

晚餐进行得很顺利，为了不让夏小悠尴尬难堪，夏纾凌后来基本没说过话，堂本偶尔的问答，她也草草地只应几个字，比起在偶像面前装淑女连肉都不敢大口吃的夏小悠，夏纾凌实在是吃得太撑，所以，结果还是皆大欢喜的。

回到酒店后，夏纾凌洗了澡就早早睡了，而夏小悠兴奋地看着手机里跟堂本的合照，在各种群里一番炫耀，等她有了困意的时候，夏纾凌已经睡得很沉了。看着老姐那安详的睡颜，夏小悠扑上前在她脸上吧唧了一口。

“谢谢你了老姐！还真是羡慕你，在哪里都能睡得着啊……”

第二天一早，温暖的阳光洒进房间，夏纾凌习惯性地早起，只是与以往不同的是，这个早上让她格外放松，没有工作的压力，也没有咄咄逼人的开发商，暂时忘却了一切的烦恼，独自坐在阳台，看着不远处蔚蓝的大海和呼吸着早上清新又微微带着湿漉漉气息的空气。

然而，一切的美好被电话铃声给打断了。

考虑到是国际长途，夏纾凌起身回屋，用座机给宋轶打了回去，还没来得及打招呼，电话里就劈头盖脸的一顿骂，直到对方电话挂断，夏纾凌这才意识到一件事——出事了，出大事了……

在她们走后的一天，老宅被开发商强制性拆除了，而宋轶为了保住老宅，跟开发商的那些人打了起来，现在已经重伤住院，而刚刚打电话过来的，就是宋轶的妈妈。

第二章 快来一起打Boss

01. 醉酒事件

夏小悠迷迷糊糊地从床上爬起来的时候，已经是早上十点整了。看老姐一个人坐在阳台发呆，她幽幽地走过去，本想问要不要去吃早餐的时候，看到老姐哭得红肿的眼吓了一跳。

“姐……你怎么了？”这样子的夏纾凌，夏小悠只在父母的葬礼上见过，心里不免有些害怕。

夏纾凌从地上爬起来，把手机塞到夏小悠手里，闷闷地说了一句“你自己看吧”后，便进屋躺在了床上。

夏小悠不安地咽了口口水，打开手机一看，是一条时事新闻，连标题都没来得及看，便已经被下面的图片惊得哑口无言。

就算被拆得七零八落，她还是一眼就能认出来，这是自己住的那栋老宅。

夏小悠没忍住，鼻子一酸，大颗大颗的眼泪便滴了下来，嘴里喃喃地说着：“对不起，都是我的错……”

夏小悠自知自己的任性犯下了大错，小心又惴惴地走到床边，看着眼神没有焦距的夏纾凌，她扑通一下跪在了夏纾凌跟前，抽泣道：“姐，你打我骂我吧！是我害老宅被拆了，我对不起你，更对不起老爸老妈。”

夏小悠哭得厉害，一边哭还一边忏悔。夏纾凌一直保持沉默，过了许久才从床上爬起来，然后长长地叹了口气，似无奈，也似松口气。

“算了，拆都拆了，我们还有什么办法？无产阶级永远斗不过资本主义，拆了也好，我反而轻松了。”夏纾凌依旧怅然地看着某处，虽嘴上说着无所谓，但心里始终很难受。这些话，也不知道是安慰夏小悠还是自己。

夏小悠估计是没想到姐姐会说这个，收敛了哭声从地上站起来，拉着夏纾凌的手，问道：“那姐，我们以后住哪儿啊？”

夏纾凌转过脸看向夏小悠，忽然自嘲一笑：“你知道吗？小妹，最讽刺的是，即便老宅被拆、小轶重伤住院，我们都没办法现在买机票赶回去。”

“要不我们去找那个导游吧，问她有没有办法把回去的航班提前？”

“不必了，就算现在回去，也于事无补。老宅被拆已成事实，而小轶的妈妈，肯定不希望我们出现在医院的。”

夏纾凌把头发往脑后一顺，用手指帮夏小悠擦了擦眼泪，笑得有些惨然：“既然这是难得的机会，我们就好好珍惜吧！”

这样子的夏纾凌反而让夏小悠惴惴不安，心里惶恐，可组织再多的语言，到嘴边也只有一个字了：“姐……”

接下来的旅程，两姐妹似乎玩得很开心，关于老宅，关于小轶，彼此都只字不提，就算是表面上的开心，也好过整日待在酒店里抱团痛哭，只是白天两人倒是有说有笑，一到晚上，便安静得可怕，夏小悠甚至都不太敢看夏纾凌的眼睛。

因为是豪华顶配，所以航班安排的都是头等舱，回去时，居然还巧到跟堂本一个航班。碍于夏纾凌在，夏小悠即便是看到自己的男神，也不敢上前去打个招呼，反倒是堂本先认出她们，主动来问了好，还让服务生送过来一瓶红酒。

夏小悠因为是未成年，所以夏纾凌不让她喝酒，而她急于想要宣泄某种情绪，所以，一瓶红酒，很快就被她喝了大半，整张脸绯红不说，连走路都摇摇晃晃了。

她拿着酒杯晃悠到堂本的跟前，经纪人本想阻拦，却被堂本叫开了。夏纾凌便也不客气，直接坐在了他旁边，晃着酒杯问眼前的男人："你是不是跟那个姓黎的是一伙的啊？"

堂本有些云里雾里，挑眉问道："夏小姐说的是？"

夏纾凌打了个酒嗝，堂本倒也不怎么介意，耐心地等着她的下文。

"就是那个牛得不得了的，收购自己老爸的公司，还说一周之内要搞定城北钉子户的自大狂黎……黎……"

"夏小姐说的可是黎沂辰？"

"没错，就是他！"

"我跟他合作上的关系比较多，偶尔私底下会聚聚。夏小姐貌似对他很有怨言？”

夏纾凌扯开嘴角轻讽一笑：“我何止对他有怨言？我恨不得把他抽筋剥骨，碎尸万段……”

说到这里，夏纾凌像是想到什么，转过去看向堂本，说道：“看在我帮你维护形象的份上，不如你也帮我一个忙？”

堂本有些哭笑不得，帮他维护形象？眼线花了这种事情，其实是有些丢脸的好吗？况且当时还有媒体在场。不过，他却意外地觉得，这个女人有些意思，不由得顺着她的话道：“你说说看？”

……

到达 S 市的机场时，天已经大亮了，不知道是酒精作用，还是夏纾凌天生好睡的命，这一觉竟让她睡得格外舒服，直到出了机场，她才慢慢地缓过神，开始接受某些不得不面对的事实。

“姐，你要不要先去厕所换一身衣服啊？”夏小悠闻了闻她身上的味道，不由得捏了鼻子。

夏纾凌抬起手臂一闻，不由得也是皱了眉头。她是记得自己喝了不少红酒，可是这也太臭了点吧？

看夏纾凌有些不解的眼神，夏小悠继续说：“不是吧？姐，你忘啦？你在飞机上都吐了，而且……”

“而且什么？”

“大部分都吐到堂本身上来着……”

夏小悠一想起自己的男神被这样“亵渎”，心底就忍不住悲愤交加，可奈何作案人偏偏是现在自己不敢惹的老姐，也只有唯唯诺诺，心里面抱怨一下了。

夏纾凌这下子才是宕机了，她记得她酒量还不错的啊，怎么可能会吐？而且还吐在了大明星的身上？顿时一脸嫌恶的表情，拉着行李箱，冲进了厕所。

在换衣服的时候，一张名片突然从兜里掉了出来，捡起来一看，才发现是黎沂辰的名片。夏纾凌转动着眼珠子开始回想飞机上的事情，隐隐约约地记得，好像是自己去问堂本要了黎沂辰的联系方式……

一回想起自己醉酒时那样子，夏纾凌就恨不得扇自己两个巴掌。

再怎么不喜欢画眼线的男明星，也不能在别人面前失态啊，哎，真是丢脸丢到外太空了。

下次要是有机会再见到这个堂本，一定要好好地道个歉了。

02. 人在房不在了

夏纾凌和夏小悠回到老宅的时候，老宅基本已经看不出形状了，而家里重要的东西，宋轶也拜托朋友们给她们拿出来放在小超市的仓库里了，事已至此，悲伤也没有什么用了。

夏纾凌带夏小悠去了学校，给她办理了住校手续。出去玩这几天，夏小悠是跟学校请了假的，眼看期末就要来临，夏纾凌就说了一句——期末要是考不好，从此你就自生自灭吧。夏小悠本就做错在先，自然不敢反驳什么，想要问些什么，到了嘴边还是作罢了。

之后夏纾凌偷偷地去了医院，趁着宋轶的家人都不在的时候溜进了病房。在巴厘岛那几天，夏纾凌每天都会给宋铁发短信，直到回来的前一天，宋铁才回复说，现在没事了。

不过时隔几天没见，再见的时候，竟有些恍若隔世之感。

看着绑着绷带无法下床的宋铁，夏纾凌忍了许久的眼泪，再次翻涌而出。宋铁自小最怕的就是夏纾凌的眼泪，看她哭成那样，一时手忙脚乱起来，除了连忙说抱歉，不知道该怎么安慰。

“阿凌，那你接下来要怎么做？”

“我自然要去讨要一番说法，你不用担心我，好好养好身体。”

“你一个人怎么去跟他们斗？那些人打架可不会手下留情的，不行，你还是等我好了，陪你一起去吧！”

夏纾凌笑了笑：“傻瓜，现在是文明社会，我一个弱女子，哪里会跟他们舞刀弄枪？害你伤成这样我已经很内疚了，你放心，我会把你那份一起要回来的。”

宋铁始终不放心，想要说些什么的时候，他的电话响起来了，听接听内容应该是问他晚上要吃些什么，夏纾凌也不打扰了，做了个再见的手势后，出了病房。

要说夏纾凌有什么办法，说真的，还真没有什么头绪，一个人站在医院门口，茫然得竟不知何去何从，这种感觉就像是父母走的那一天一样，天整个塌了下来，却没有一个比她高的人来撑住。

摸出身上的那张名片，夏纾凌咬了咬牙，招来一辆出租车，决定直接去华盛集团找人，擒贼先擒王，老宅虽然不能恢复原状了，但损失的费用，说什么也得要回来。

车子到达华盛集团楼下的时候，夏纾凌顿时有些尿了，这一抬头都望不到顶的建筑，光气势就已经吓得她走不动道儿了。

夏纾凌深吸一口气，决定先打个电话试试，万一人没在公司，岂不是白跑一趟？

起初没注意看，后来把名片翻转过来，发现后面用手写了一串数字。夏纾凌隐约记得，堂本说这个号码是黎沂辰的私人号码来着，可是接通后要讲些什么呢？如果直接告诉他，她是城北老宅的那个钉子户，肯定想也不想就挂掉了吧？

正思忖烦恼时，旁边突然传来的对话引起了夏纾凌的注意。

“周六的聚餐我就不去了，你也知道，难得的假期，我一般都是在家补眠的。”打电话的正是张秘书。

“亲爱的，你也知道，我们总裁现在的睡眠质量是越来越差了，他一睡不好，铁定又是来折磨我。你看看，我这几年，都被他剥削成什么样了？”

“找心理医生？不管用的，再说了，我们总裁这个人要面子得很，他要是去看心理医生，不就是在承认自己有病吗？不行不行，我可不去当那个炮灰。”

“哎，你也知道，最近刚刚收购华盛，事情多着呢！很多时候，他一个眼神，就够我忙活半天，这周六，都是我小心求来的。亲爱的，等我还清房贷，我立马就远离这个法西斯，把以前欠你的，统统补上！当然，我说的话你还不相信啊？”张秘书边打电话边往里走。

夏纾凌认得这张脸，当时新闻上，他就站在黎沂辰的旁边，而谈话的内容，似乎有机可乘，来不及多想，追上去便拉住了他的胳膊。

“你是谁啊？”张秘书明显吓了一大跳。

“不好意思，我刚才无意中听到你打电话，我觉得我好像能帮你。”不管三七二十一，先找个机会接近黎沂辰。

“你有病吧？没事儿偷听别人打电话？”张秘书有些鄙夷地看了夏纾凌一眼，撇开她的手，继续往里走。

“那个，我可以治好你们总裁的失眠症！”夏纾凌一咬牙，大声冲着张秘书的背影喊道。

这一喊，还真起了作用。张秘书转过身，不可置信地看着眼前的女人：“你是心理医生？”

夏纾凌眼珠子一转，想起刚才听到的话，连忙摇摇头：“我不是心理医生，我是专业的助眠师，专治各种失眠。”

还真是吹牛不打草稿，夏纾凌自己都觉得不好意思了。

“助眠师？”张秘书将信将疑，朝夏纾凌走过来，“那把你的专业证书拿出来看看。”

夏纾凌汗颜，呵呵傻笑两声：“哎哟，谁出门随身携带专业证书啊？”

张秘书手托下巴呈思考状，眼睛上下打量着眼前这个女人，虽然有些来路不明，但不妨试一试，如果失败了，总裁最多给他一个白眼儿，然后警告下不为例，但一旦成功了……

那不就是野百合遇到春天了吗？呃……好像不能这么形容。

见情势似乎是有些希望，夏纾凌连忙补充道：“你放心，我不是什么骗子，而且我们都是先治疗后付款的，换句话说，治不好不要钱！”

张秘书这么一听，更加心动了，犹疑了两秒后，说道：“那好，你明天携带相关证件来办公室找我！”说完还从包里递了张名片过去。

“好好好！”夏纾凌点头哈腰地连忙接过来，看着张秘书慢慢消失的背影，身体仿佛瞬间被掏空了一样。

说了第一个谎，就得说无数个谎来圆第一个谎，看来，得想想办法了。

03. 勇斗张秘书

父母走后，为了养活这个家，夏纾凌是各种零工散工都做过，虽然又苦又累，却也因此认识不少朋友，各行各业的，人脉还算广，这不，这会儿在网吧找大神给她做一张助眠师专业证书呢！

“全弄成英文的，啊，对对对，照片再给我 P 好看点。”

“我说大姐，你现在是连坑蒙拐骗都要做了吗？”

夏纾凌一巴掌扇在大神的头上，喝道：“什么坑蒙拐骗？我这叫以其人之道还治其人之身，相比他们那些下三滥的招数，我这个连入门级都算不上。”

“好啦好啦，我知道了。你放心，我 P 图的合成技术，连司法鉴定都鉴不出来，反正他们也没见过，一定给你助攻！”

“这还像话一点！”

半小时后，夏纾凌捧着热乎乎的专业证书，满意地点头：“黎沂辰，你知道你为什么会失眠吗？那是因为你坏事做尽了，居然把人骗到国外，然后强拆别人房子，我要是你，我也睡不着啊……”

哼哼，等着瞧！

第二天，夏纾凌按照约定去了张秘书的办公室，此时的他还在陪总裁开会。等待的过程中，夏纾凌其实蛮忐忑的，万一穿帮了，那可就是诈骗了，所以，难免有些坐立不安。

可紧张归紧张，等张秘书推门进来的时候，夏纾凌居然靠在沙发上已经睡着了，昨晚睡在宋轶家的仓库里，而且一整晚都在想着如何应付第二天的局面，所以根本也没休息好。

看着夏纾凌有些不雅的睡姿，张秘书干咳了两声，夏纾凌一个激灵，险些从沙发上滚下来。

“这个职业，我好像没在国内听说过？”张秘书看完专业证书后，开始常规的审核。

“对，国内目前是没有设立关于助眠的职业，这其实是心理学里的一个衍生专业。大多数情况下，失眠在心理学上被判别为一种由心理因素引起的疾病，当然啦，我不是说总裁有病，只是比起看心理医生，我们这种助眠师，似乎更能让失眠的患者所接受。”真是恨不得为自己的口才点个赞啊。

张秘书微微点点头，貌似对这样的说法很满意，只是给总裁找助眠师的问题，还没有跟总裁汇报过，要是被拒绝了，那岂不是白忙活一场？

夏纾凌像是看明白了张秘书的疑虑，于是问：“张秘书是不是担心总裁不会答应你给他找助眠师的事情啊？”

张秘书惊讶地瞪眼睛，心想这学心理学的果真是不一般啊，那种看表情看眼神就能一目了然的超能力，都快赶上他了。

“貌似你有办法让总裁接受你？”

夏纾凌笑得意味深长，招手让张秘书靠近一些。等张秘书一靠近，夏纾凌忽然性情大变，抓起桌子上的玻璃杯便朝张秘书砸了去，张秘书立马捂头疼作一团，没一会儿，黏糊糊的液体顺着脸颊流了下来。

“你干什么？”张秘书怒吼道。

夏纾凌一看见血也是有点慌了，一边拿纸巾一边连忙道歉：“对不起对不起，是我太大力了。”

正当张秘书要拨电话报警的时候，夏纾凌才连忙解释：“张秘书，你现在受伤了，可以跟总裁申请休假了，而我，可以顶替你做总裁的生活助理！”

张秘书停止了嗷嗷叫，突然感觉额头没那么痛了：“生活助理？”

“嗯，我听说张秘书自从跟了总裁后，是又当爹又当妈的，不仅工作上要替总裁分忧，连生活上也要为他安排得井井有条，我希望我的到来可以为你分担一些。”

张秘书慢慢地站直了身体，血滴在自己西服上也不管了：“你说实话吧，你是不是喜欢我啊？”

夏纾凌被这样的结论噎得哭笑不得，但现在也不好拂他的意，便做出害羞扭捏的模样，一副一切尽在不言中的样子。

张秘书理了理自己的着装，表面上一副“我已经有家室了”的正经模样，内心里却有些掩不住的小雀跃，这或许就是中年男人都有的一些通病吧——自我感觉良好。

张秘书把这次擦破皮事件演绎得相当夸张，直接是打电话叫了救护车来接。现在，整个公司都知道，万年不倒的张秘书受重伤了，连总裁都亲自派人送去了慰问金。

而此时，夏纾凌就站在黎沂辰的办公桌前，明明还雄赳赳气昂昂的气势，在见到连表情都没有的黎沂辰时，居然有些底气不足了。

黎沂辰翻着夏纾凌带来的个人资料和专业证书，久久不说一句话，夏纾凌甚至怀疑他是不是睡着了，啊，不对不对，他没那么容易睡着。

“美国福瑞登大学心理学研究生？”黎沂辰一字一句地念道，那语气里，似有不屑，似有嘲讽，“我怎么不知道，美国还有这个大学？”

夏纾凌那面对张秘书的自信和勇气,在黎沂辰面前,瞬间被秒成了渣。

“不是个特别有名的学校啦，不过，我真的可以治好你的失眠的。”夏纾凌绷着一张诚恳脸。

“你不如直接说说你来找我的目的吧？”黎沂辰把手里的东西随意丢在桌子上，转过脸看着夏纾凌，“何必这么大费周章地靠近我？”

夏纾凌心里猛地一咯噔，难道是被他看出破绽了？

“我能有什么目的，我只想治好你的失眠，然后领钱走人啊！”夏纾凌说完还呵呵傻笑两声，感觉离破功不远了。

“那你是觉得，我有张秘书那么好骗吗？”黎沂辰嘴角一勾，似笑非笑，让人瘆得慌。

他站起身，高挑的身材挺拔修长，走到夏纾凌的身边，居高临下地俯视，而后用手指轻轻地撩拨了一下夏纾凌额前的刘海，用冷冰冰的语气说道：“我忘了告诉你，我这个人有过目不忘的能力，而你这张脸，我在一周之前见过。”

夏纾凌最后的防线被击垮了，也懒得再装下去，拳头一握，厉声道：“你既然知道我是谁，我就不用自我介绍了，不如我们坐下来谈一谈，关于赔偿的问题。”

“赔偿？”黎沂辰像是听到了史上最不可思议的词，他走回办公桌前坐下，“好，那我们就来谈谈，你拖了我们项目大半年里，给我们公司造成了多少损失！”

04. 冷酷 Boss 好嚣张

夏纾凌觉得肯定是自己耳朵不好使了，才会听到这些恶人先告状的话，还真是见过不要脸的，没见过这么不要脸的。

“大总裁，你好像记错了吧？”夏纾凌也顾不了那么多了，她上前几步来到办公桌前，双手撑住身子往前倾，质问，“一声不吭就挖我老宅的人是你，你现在居然问我要赔偿？”

黎沂辰又从抽屉里抽出一份资料，丢在夏纾凌的跟前：“我可是合法拆迁，手续齐全。”

夏纾凌拿过资料一看，什么《旧城改造投资框架协议》《政府强制拆迁征收补偿方案》《限期拆除违法建筑决定书》等等，都是些她看不懂的文件，不过，后面一张关于《同意拆迁书》，她看到了夏小悠的名字，顿时觉得有些不可思议。

“不可能，我妹妹绝不可能会签署同意书，你们这是作假！”夏纾凌情绪有些失控。

“有没有作假，鉴定机构一鉴便知。”

“可我妹妹是未成年，房产证上也没有她的名字，她签署的协议，不具有法律效力。我可以去告你们！”

黎沂辰冷然一笑，从资料中又翻出一张《同意书》。而这一次，下面签署的就是夏纾凌自己的名字。夏纾凌一看，彻底傻眼了，这个笔迹，就算想要否认也没办法吧？

可是她记得从没有签署过这样的协议啊？夏纾凌仔细一回想，忽然想起出发去巴厘岛之前，夏小悠让她写下自己的个人信息，说什么活动的承办方需要，好方便订机票和酒店……

一想到这里，夏纾凌整个人都气炸了，猛地一拍桌子，怒喝道：“黎沂辰，你这是诈骗！坏人还真是无所不用其极，你居然会使用这么下三滥的手段！”

“下三滥？”黎沂辰冷笑，用手指点了点放在桌上的证书，反问道，“你连证书都能造假，想尽各种方法来接近我，生活助理？助眠师？难道不是想要在我食物里下毒，或者趁我睡着了对我下手？”

夏纾凌彻底无语，咬得牙槽都快碎了，最后只能冷哼一声：“黎沂辰，我诅咒你这辈子都没办法好好睡觉，还有，我不会放弃的，等着瞧！”

夏纾凌压抑住满腔的怒火，转身欲走时，却被黎沂辰给叫住了。

“给你半个月的时间。”

“什么？”

“你若是真能治好我的失眠症，我考虑不让你赔偿我们的项目损失。”

夏纾凌哭笑不得：“我看你是脑子进水了。”说完不想再理会这个神经病。

“如果你不想你妹妹还没毕业就失学，而你这辈子都将债务缠身，我劝你还是考虑一下。”黎沂辰开始把玩那张证书，说话的语气一点也不像是开玩笑。他自己也说不清楚，为什么会让这样一个来路不明的女人给自己治疗失眠症，可能是自己急于摆脱被梦魇折磨的日子，姑且不说她的证书是真是假，既然敢来，想必也不是一点本事都没有。

“怪不得你爸被你气到住院，你简直冷血到令人发指。”

“我不是冷血，只是不需要那些所谓的亲情、友情，甚至爱情。”

夏纾凌冷嗤一笑，这样的极品居然也能被她碰到，本想一口回绝，但细细一想，自己身单力薄，要如何跟这个冷血的财阀斗？不如就先答应下来，说不定能在生活中抓到一些他的弱点，到时候再拿出来威胁，事情就会有转机了。

“你不怕我在你食物里下毒，或者是趁你睡着了对你下手？”

“你请便！”黎沂辰无所谓地摆摆手。

夏纾凌被反驳得一时语塞，对啊，就算他是十恶不赦的坏人，她也不能真把他怎么样，再说了，要是他真的死了，不就是拖累小妹吗？把自己还赔进去，哪里还能叫报仇？

“包一日三餐！”

“可以！”

“既然是治疗，那你必须配合我才行。”

到时候叫你做什么就做什么，看老娘怎么折磨你。

“我可以配合，不过，我个人认为如果对睡眠没有帮助的事情，我会果断拒绝。”

夏纾凌笑得狡黠：“大老板，你要相信我的专业能力。”

顺利接近大 Boss，虽然还没有下一步的计划，但起码是跨出了成功的一小步，夏纾凌去小超市买了些防狼喷雾和电击器，一切准备就绪后，才循着黎沂辰留下的地址找了去。

可能是方便上班吧，黎沂辰住的地方就在市区的一所高级住宅小区里，在来的路上，夏纾凌便打电话咨询了一下张秘书，关于这个人的一些生活习惯和癖好，顺便问出些小秘密。可是，花了半个多小时的电话费，也没问出什么来，多多少少让夏纾凌有些泄气。

“忘了提醒你，总裁这个人最烦别人跟他笼络感情，所以你最好别打什么感情牌，他会吐的！”这是张秘书最后的忠告。

夏纾凌不禁哼哧一笑，感情牌？跟谁打也不会跟他打啊，她跟他哪来的感情？话虽这么说，但听到这样的一番言论，她也实在很难不感慨，这人还真够冷血的，简直连机器人都不如。

05. 助眠日常第一天

还以为公寓会大得离谱，没想到居然是个两室一厅的小居室，夏纾凌走进去的时候，一度以为是自己走错地方了，那么有钱的大老板，是不是对自己太小气了点？

“好吧，首先，你得告诉我，你失眠的原因是什么，然后我才能对症下药。”

夏纾凌拿着本子和笔，在黎沂辰对面坐定，有模有样的。

“没有原因。”

“不会吧？”夏纾凌知道这么明目张胆地问，兴许问不出什么，毕竟有些事情涉及隐私，而且可能存在故意刁难之嫌，所以，决定换种方式问，“那好，我来问你一些问题，你只需要回答我是还是否，这样总配合吧？”

黎沂辰一挑眉，貌似没那么抵触。

“你是否对自己的居住环境满意？”

“是！”

“睡觉前是否有喝咖啡、浓茶或者影响睡眠的饮料？”

“否！”

“是否服用过安定药、强心药以及降压药之类会影响睡眠的药物？”

“否！”

“是否患有神经衰弱、精神分裂、情感性疾病、绝经期综合征，啊，这个你不会有，甲状腺功能亢进、肺源性心脏病、过敏性疾病、中枢神经系统疾病等？”

“否！”黎沂辰犹豫了那么一秒，微微蹙了眉头。

“你确定没有？”

夏纾凌会相信才怪，这种人，就算真的得了以上那些疾病，也不会承认的。得了得了，既然问不出个所以然，索性还是慢慢观察吧！

啊，对了，最主要的是要找出他的弱点。

“因为你的症状特殊，所以我需要一段时间的观察，记录你的生活饮食习惯，所以，我已经向张秘书要了你接下来的行程安排，除去公务和我休息的时间，你剩下的休闲时间，由我来支配。”

黎沂辰头托着头，冷嗤一笑：“倒还挺有模有样的。”

夏纾凌微囧,她可不想告诉他,这些方法和资料都是自己上网查来的，既已逼上梁山，倒真不介意拿他来做试验品，让他也尝尝，被人玩弄于股掌之间到底是什么样的滋味。

“我饿了。”

“所以呢？”

黎沂辰瞥了一下厨房：“既然你是专业的，那么我的晚餐便由你来负责，我想你应该知道，晚上吃什么食物可以帮助我的睡眠。”

夏纾凌扯了扯嘴角：“你是叫我给你做饭？”

黎沂辰微微点了点头。

“我又不是你的保姆！再说了，做饭已经超出我的工作范畴了。”

“张秘书不是说，你除去助眠师的身份外，还是顶替他的临时生活助理吗？”

夏纾凌哑然，反驳道：“生活助理好像也不包括煮饭吧？”

黎沂辰一挑眉：“既然是生活助理，那我的一切饮食起居都该是你负责才对，还好现在天气不冷，不然，你还得负责给我暖床。”

“暖床？”夏纾凌惊得张大了嘴，这耍流氓的境界也太高了吧？居然脸不红心不跳就能说出这种话，还好，带了防狼工具，这男人真是不管是什么皮相，都是一路货色呢！

夏纾凌懒得再跟他争执，忙了一整天的她，早就饥肠辘辘了，反正平时在家也是她煮饭，只是煮东西给仇人吃，始终是有口气咽不下。

真想去楼下买包老鼠药，毒死你丫的！

一小时后，夏纾凌把今晚的晚餐端到了桌上。

“为什么我的是粥，而你的却是牛排？”黎沂辰双手抱胸，貌似不太满意自己的晚餐。

夏纾凌拍了拍手，取下围裙，解释道：“大老板，你都说了，我是专业的，我能害你吗？燕麦粥搭配清炒的笋尖，不仅清淡爽口，而且是非常有助于你的睡眠。至于我……一天劳神又费心的，自然要吃点有热量的食物，不然怎么有精力来伺候你呢？”

黎沂辰不是个喜形于色的人，但此时也看得出他有些咬牙切齿，犹豫了一下后，拿起勺子舀了口粥到嘴里，虽然味道寡淡，但其实入口清香绵软，倒也过得去。

“夏纾凌，你最好是祈祷你的方法有用，我这个人别的不好，就是别人敬我一尺，我一定还他一丈。”

黎沂辰笑得邪魅，夏纾凌也不在怕的，暗自腹诽道，别得意太早，精彩的还在后面等着你呢！

第三章 道高一尺魔高一丈

01. 总裁的小尾巴

初夏的早上总是亮得特别早，带着微暖的阳光，伴着和煦的晨风，城市早已车水马龙，这个小区倒还静谧祥和，都说美好的一天都是从早晨开始的，但是某人的呼噜声，却实在是有些煞风景。

黎沂辰双手抱胸看着睡在自己卧室沙发上的夏纾凌，那睡相之惨烈，呼声之刺耳，让人有一脚踹过去的冲动。

说什么在这里守着观察他的睡眠质量，结果，他就洗个澡的工夫，她便睡得跟死猪一样了。期间黎沂辰嫌恶地把她拖出去过几次，却不知道什么时候又跑进来了。

当然，黎沂辰依旧是没睡，去书房看了一夜的书，这个助眠师，貌似是忘了自己来干吗的了。

正准备一脚踹醒眼前这头猪，谁知她自己一个翻身，便从沙发上滚了下来，只听到痛呼一声，人便自动醒了。

“大老板，早啊！”

夏纾凌抓了抓自己鸡窝般的头发，没精打采地打了个招呼。

黎沂辰嫌弃地往后退了好几步，觉得自己有些不可思议，他怎么会让一个这么邋遢的女人在他的私人领域里横来直去？比起每天听到这头猪打鼾，他宁愿自己一坐到天亮。

“扑通！”一声后又是一声痛呼，一个四肢健全看起来并不傻的女人，居然在他面前摔了个狗啃泥？

夏纾凌从地上爬起来，摸了摸自己的胸，自言自语地咕哝道：“还好还好，没把胸给摔平了。”说完依旧半睁着眼、迷迷糊糊、若无其事地走出去了。

等到黎沂辰换好衣服走出去的时候，桌上已经准备好了早餐，而刚才那个乱糟糟的女人，也收拾得干净利落了，仿佛他刚才看到的，只是自己的幻觉。

“我看我们还是来谈谈赔偿的问题吧！”黎沂辰坐在饭桌前，双手抱胸，一脸严肃外加一点嫌弃。

夏纾凌啃着面包抬起了头：“你良心发现啦？”这几个字由于含着食物，有些含混不清。

“我是说你赔偿我们的问题。”

夏纾凌险些被面包给噎着，拿起牛奶喝了好几口才缓和过来：“你是有毛病吧？堂堂一个大老板，说话怎么出尔反尔的？再说了，我现在穷得就只剩下这个活体了，你还想榨出什么油来？”

“因为我对你的专业表示怀疑。”

什么怀疑，分明从头到尾就没信过。

“什么意思？”夏纾凌仔细一回想，意识到问题的所在，连忙解释，“啊，你说的是我昨天比你先睡着这件事？”

黎沂辰微微耸肩，示意她继续说。

夏纾凌清了清嗓子，脑子飞速地转着：“在心理学上呢，有一种说法叫马纳姆效应，简单地说就是从众心理。其实人呢，一直都在寻找着自己，却又常常迷失在自我当中，所以是很容易受周遭的环境影响的，举个简单的例子来说，一个人打哈欠，周遭的人或多或少也会受到影响，而且在自己的潜意识里，也跟着打哈欠，而我昨晚比你先睡，也是为了能多少影响到你，难道你看我睡得那么香，就一点都不困吗？”

夏纾凌说完，暗自抹了把冷汗，这几年的销售还真是没白干，死的都被说成活的了。

黎沂辰或许是没料到她这么能说吧，微微讶异了一下：“可我觉得你这个办法对我没用，反而会更加影响我的睡眠。”

“哦，那没关系，我们可以再试试其他办法。不急于一时，不急于一时。”

要不是昨天太累了，你以为我会在你这里睡啊？现在想起来还有点后怕呢！居然明目张胆地睡在了一个男人的房间里……

黎沂辰不再多说，只留下一句：“以后晚上九点过后，我不想再看到你的影子。”

“那当然！我一定会提前离开的！”

到底是谁不想看到谁啊？

早餐用完后，司机已经在楼下等着了。

作为小尾巴，自然要跟着大老板的步伐了，这么豪的车，她夏纾凌这辈子坐过也算是死而无憾了。

“张秘书，今天要签的合同发到我邮箱了吗？”在车上的时候，黎沂辰给张秘书打了电话，“把跟费总的见面推迟一个小时，我临时有其他事情。”

叽里咕噜了半天后，黎沂辰才挂断电话，一旁的夏纾凌不禁有些抱不平道：“张秘书都受伤住院了，你还这么剥削他，是不是太那个了？”

“他受伤的是头，不是手也不是智力。”

夏纾凌努努嘴，暗骂了一声“法西斯”。

整个上午，黎沂辰除了上厕所夏纾凌不跟外，基本是他走到哪里跟到哪里，而且还特别正式地用本子记录下他的一切习惯和细节，当然，字里行间，也少不了咒骂，各种被欺凌的小人图像也不少。

对于冷血无感的黎沂辰来讲，这或许就跟带着张秘书，或者跟着的小猫小狗一样，只要不影响到他工作，丝毫不觉得有什么特别之处，然而，这条小尾巴的出现，还是让整个公司炸开了锅。

“那是总裁新招来的秘书吗？昨天好像看到从张秘书的办公室里走出来。”

“应该不是吧？好像除了不能跑腿，张秘书该做的事也还在做啊！”

“难道是总裁的女朋友？”

“那就更不可能了！天下谁人不知总裁是不婚主义者？况且那女的，

要脸蛋没脸蛋，要身材没身材的，总裁怎么会看上她？”

“说得对。不过，不婚不代表不谈恋爱吧？说不定总裁吃多了满汉全席，偶尔也吃吃素？”

“那也太素了，塞牙得很……”

几个女职员在厕所里嘻嘻哈哈地八卦着，夏纾凌则一直坐在马桶上叹气，小声嘀咕着：“你才塞牙，你全家都塞牙，也不看看我一天到晚过的是什么日子，哪能跟你们这种吃穿不愁的人比啊？”

“喂，你们快出来看，上次那个女的又来公司闹了。”

“哪个女的啊？”

“就是她老公在我们公司加班猝死的那个，这次好像还带了不少人呢！连记者都到了。”

一听到这些，好事的群众全都一窝蜂跑出去了，连夏纾凌也不自觉地成为其中一员。

公司楼下已经挤满了人，还有人举着白色的横幅，上面用黑色的字写着——“无良老板压榨员工致猝死，还我家人，以命抵命！”

还有人手里捧着遗像，喊声、哭声，即便在楼上，也听得清清楚楚。

这样的阵仗，夏纾凌一点也不陌生，想当初，为了维护老宅，她也动员过这样的抗议，虽然没能挺到最后。

“无良老板滚出来，给我们一个说法！还我家人！”

夏纾凌看着看着，竟觉得有些大快人心，看来这世上，恨不得黎沂辰去死的人，还大有人在嘛！

02. 一定是哪里出了错

热闹看够了,夏纾凌去到黎沂辰的办公室,与其在那里看得义愤填膺,恨不得加入他们的队伍,还不如去看看当事人一脸焦虑的表情,那什么来着,你若安好,便是晴天。

所以,就让暴风雨来得更猛烈些吧!

“总裁,您还是晚些再出去吧!现在外面已经乱作一团了,还有记者媒体……”

“没有与公司相匹配的工作能力,同样的工作,别人完成了,他却还需要加班,最后还搞一个猝死?你觉得这是公司的责任吗?”黎沂辰哼哧一笑,仿佛在说一件跟自己毫无关系的事情。

这话听在夏纾凌的耳里,还真是各种不舒服。

员工自然不太敢发表自己的意见,只是一味地点头说是。夏纾凌实在有些气不过此人的嚣张气焰,于是在一旁附和:“这肯定不能怪大老板你咯!你说那个人也真是的,自己的身体都到极限了,还那么拼命干什么,大不了辞职不干了,也用不着死在自己的工作岗位上,死就死吧,还没人担责赔偿,也太不划算了。”

黎沂辰哪里会听不出来她话里的意思,也难怪,她本身也跟下面那些人差不多,一群无知、卑微还又闹腾的家伙。

“跟费总的会面不能再推迟了,你叫人备好车,我直接下车库,还有,找个公关,去下面解决一下,我希望我回来的时候,公司可以恢复宁静。”黎沂辰说完便往前走,走两步见后面的人没有跟上,补了一句,“还不走?”

“哦！”夏纾凌低低应了一声，心里着实有些不爽，感觉这一拳，就像打在了棉花上，一点都不畅快。

电梯直接下到了负一楼的停车场，黎沂辰才刚迈出电梯，便被三两个人给围了起来。

“早就料到你会直接下到车库,我们已经等你很久了,无良的老板！”带头的那个壮汉说道。

黎沂辰哼哧一笑，似乎并不在意的样子，不到五秒钟，另外一个电梯门也开了，出来的则是公司的安保人员，不论人数还是体格，都占足了优势，现场一下子变得混乱，单薄的夏纾凌，被推来挤去的，撞得骨头都疼了。

在黎沂辰准备上车的时候,忽然有个人破口大骂了一句,而与此同时,朝他丢了一块板砖过来，夏纾凌也不知道怎么回事，三两步上前，用自己的身体护在了黎沂辰的面前，而板砖也不偏不倚地，直接砸在了她的头上，砸得鲜血直流。

在意识模糊前，夏纾凌还不停地骂自己，你脑子是有病吧？纯情偶像剧看多了吗？居然为自己的仇人挡板砖？

是在厕所待太久，氨气中毒了吧？

夏纾凌从医院醒来的时候，已经是下午了。经过一系列的检查，除了有些轻微脑震荡外，没有太大的问题，这也让她长长地舒了口气，要是因此造成什么后遗症甚至死掉的话，她还真是没脸去见自己的父母。

“你还好吧？”

说话的是张秘书。虽然他的伤根本也用不着住院，但是演戏演全套，反正公司出钱，索性就多待两天，所以，他成了夏纾凌的“病友”。

“还好啦，就是还有些痛。”夏纾凌摸了摸纱布的位置，至今无法理解自己的行为，“啊，对了，我这个算工伤吧？医药费……”

“放心啦，总裁已经叫人付了。”张秘书拿起一旁的苹果咬了一口，继续道，“不是告诉过你，不要出感情牌的吗？你知道吗？你这一壮举，总裁非但不会有一点感激，而且他还恶心得吐了……”

“吐了？”夏纾凌万万没料到，“这也太夸张了吧？嘀，这人还真是够冷血的，要不是我脑子坏掉给他挡了板砖，现在躺在医院里的就是他了好吗？我虽然不需要他特意来感激慰问我，但是恶心到吐，也太伤人心了吧？”

张秘书咯咯咯笑着：“你就理解吧，我们总裁的体质跟别人不一样，他最受不了的就是谁谁谁为了他而怎么怎么样，与其说是冷血，不如说他不懂这些人情世故，毕竟他从小就没有亲情、友情，甚至爱情之类的东西。”

“你倒是挺了解他的。”

“还好啦，跟了他快十年了，这些秉性还是知道一点的。”

“真是奇葩……”夏纾凌不满地咕哝了一句。

由于伤势不是很重，所以夏纾凌很快便出院了。

宋轶听说她受了伤，打电话打过来整整啰唆了半个小时，什么你怎么跟姓黎的在一起？是他威胁你了吗？然后就是为什么要替他挨板砖？

受伤严不严重？有没有人照顾你？你现在在哪儿……

“好了小轶，你好好养好你的伤，我已经没事了，你相信我，我靠近他是有目的的，至于为什么会替他挨板砖……”夏纾凌脑子转了转，随口道，“那就是苦肉计啦，你懂的……呵呵！”

一转过身，居然发现黎沂辰就站在她身后，夏纾凌连忙挂了电话。

“你干吗偷听别人讲电话？”

“哼……”黎沂辰冷嗤一笑，“你说话的分贝，我还需要偷听吗？”

夏纾凌撇撇嘴，决定不跟这种人计较，一下子倒在沙发上，耍赖道：“不好意思，我今天受伤了，没办法给你准备晚餐，所以你是要自己动手还是点外卖，都请自便。”

“你伤的又不是手和智力……”

这话怎么就这么耳熟呢？这家伙敢情是把她当张秘书使了吧？

“再说了，你不是说这是对我用的苦肉计吗？那我为什么还要上这个当？”黎沂辰坐在沙发上，随手拿起一本书翻看了起来。

夏纾凌气得够呛，不过，她来这里之前，已经是喝饱吃足了，至于他要不要吃晚餐、吃什么，鬼才会关心呢！

“第一，我不吃外卖；第二，我不会做饭。”

夏纾凌差点没忍住笑出声，突然特别心疼张秘书，一个大男人，工作上要为他出力不说，连生活上，还得要任劳任怨地照顾他，一想到张秘书围着围裙在这个厨房里转悠的身影，再加上一口一个亲爱的……啧啧……真是让人忍不住起一身鸡皮疙瘩。

03. 大老板歇菜了

“大老板，实在是不好意思，就算我是苦肉计吧，但我受伤也是事实，我现在头昏眼花的，所以，请假一天！”说完，夏纾凌便拿着包出了门，嘴里还小声嘀咕，“你以为人人都像张秘书那么好欺负啊？你最好是能饿死……”

折腾了一天，夏纾凌实在是有些累了，再加上好睡的体质，回到仓库后，头一沾到枕头，没一会儿便呼呼大睡了，也不知道睡了多久，忽然电话响了起来，一看来电，居然是张秘书。

“夏小姐，你现在能去总裁那里一趟吗？”

张秘书带着点乞求的语气，不等夏纾凌反应，继续说道：“总裁刚打电话给我叫我过去给他准备晚餐，但今天是我跟我老婆的结婚纪念日，这才刚刚坐下准备吃饭……”

“天啦，这也太过分了吧？”夏纾凌听后忍不住抱怨，“你别管他，现在已经是下班时间了，他又不是三岁的小孩子，怎么可能解决不了一顿晚餐？”

“不是啊，夏小姐，你不知道，总裁他有严重的低血糖症，而且基本不吃外面的食物，而且刚才他打电话过来的时候，听语气好像都有些虚弱了，我求求你，帮我一下吧！”张秘书说着说着都快哭了。

夏纾凌最受不了这种，只好先答应了，挂断电话后，却又瞬间后悔，真是疯了，都快八点了，还要赶过去给他做饭？他是死是活，跟她有什么关系？

夏纾凌又躺了下来，想要当作没有接过这个电话，可不知道为什么，翻来覆去的，却怎么也睡不着了，就算是阿猫阿狗，也不该置之不理吧？

不行不行！怎么可以对他善良？他可是万恶不赦、害自己流离失所的坏人……

这么大的人了，怎么会因为饿一顿而死掉呢？我现在还是伤员需要别人照顾呢！

半小时后，夏纾凌还是来到了黎沂辰的楼下，虽然有一百种理由不想来，但毕竟是答应了人家张秘书，为了接近黎沂辰，不还让他莫名其妙地受伤了吗？

哎，真希望跟楼上那位一样，良心能被狗吃了。

进屋后，夏纾凌也懒得管黎沂辰是什么表情，径直朝厨房里走去，十分钟后，一碗香喷喷的粥被端上了桌。

“吃吧，大老板！”夏纾凌极不情愿地把粥端到了黎沂辰的跟前。

“为什么又是粥？”黎沂辰貌似还特别不满意。

“拜托，有吃的就不错了好吗，还挑三拣四的？再说了……你冰箱里什么都没有……”

一定是昨天吃完了还没有来得及去采购。这位大老板在生活上，还真是有够白痴的。

可能是真的饿坏了，黎沂辰也不再多说什么，拿着勺子大口大口地吃了起来。夏纾凌坐在他的对面，看着此情此景，竟觉得眼前的男人那般无害……

低垂的眉眼柔和而美好，挺直的鼻梁，微微前倾的刘海，还有因为吞咽还上下滚动的喉结……

天啦，夏纾凌连忙晃晃脑袋，好让自己清醒一些。她又不是夏小悠，怎么可能因为皮相好看就犯花痴？还是对自己的仇人？

“我说你这个人也真是够挑剔的，真是委屈了张秘书跟着你，我今晚若是不来，你是不是就打算这么一直饿着啊？”

一想起刚才进门时看到的那张惨白虚弱的脸，夏纾凌就觉得有些不可思议，这世上怎么还会有这种人？

“我可没叫你来！”黎沂辰喝完最后一口粥，嘴上却丝毫不认输。

夏纾凌气结，喝道：“喂，你这人不要太过分哦！一句谢谢都不说就算了，居然还不识好人心！”

“好人？”黎沂辰抬起头，双手抱胸，嘴角挂着轻蔑的笑意，反问道，“谁？你吗？”

“不然咧？”

“如果我今天因为低血糖而出了什么事，全都是因为你这个生活助理没有把我照顾好，我没有告你谋财害命就算好的了，居然还好意思问我要谢谢？”

黎沂辰一副理所当然的表情，简直要把夏纾凌给气炸，她想了想，决定还是不要跟这个法西斯争论，拿起包包便摔门离开了。

一定是上辈子造了孽，这辈子才会碰到这个极品冷血，天啦，来一道闪电，把这人给劈了吧……

04. 这男人真是没救了

因为家里没什么吃的了，所以回去前，夏纾凌准备去超市采购一些食物，伸手问黎沂辰要钱的时候，小气鬼却不肯给，说是怕她拿着他的钱跑路了，所以，便一起去了超市。

夏纾凌把车推到黎沂辰跟前，眼神示意他来推车。

黎沂辰勾了勾嘴角，仿佛觉得她这样的行为极其可笑，双手抱胸，若无其事地走在了前面。

好吧，有人格障碍的男人，万事都别指望他了。

事实证明，整个逛超市的过程，是相当不愉快的。比如说，高出的东西没办法拿，那个傲娇男却死活不帮忙；零食就不用说了，买一包被还回去一包；还有只要是她看着流口水的食物，就一定会被明令禁止，比如说牛排，比如说猪蹄。

更可恶的是，结完账，还得她自己提，一点绅士风度都没有，好吧，也没指望他会有。

回到公寓后，黎沂辰便去了书房，一会儿电话一会儿视频的，貌似还在忙未完的工作。夏纾凌看了看时间，想着时间还早，便想趁着这个时候，去把澡给洗了。这几天住在仓库，根本就没有洗澡的地方，一身臭烘烘的，她早就有些受不了了。

趁他出来前整理好，应该不会有什么的。

果然，洗完澡是最舒爽了，好像能洗掉一切的烦恼和疲累，让人短暂地轻松和愉快。

夏纾凌看着镜子中的自己，不免感慨，这样苦逼的人生，究竟何时才是个尽头啊？正发愣时，门却突然被旋开了。

夏纾凌心里猛地一咯噔，她记得自己明明有反锁的啊？来不及多想，三两步冲过去想要抵住门，可跑得太急，门没被抵住，就这样被进来的黎沂辰看光光了。

“啊！你这个臭流氓！”夏纾凌飞过去就是一拳，黎沂辰来不及避让，顿时鼻腔内一股热流。

夏纾凌换好衣服气鼓鼓地坐在沙发上，而黎沂辰的鼻孔已经塞了两条棉棒，两个人就这么对视着。

“我觉得我还是应该报警。”说完，黎沂辰抓起一旁的座机，准备打出去。

夏纾凌一个箭步冲上去，按住他的手，怒喝道：“你有病吧？要报警也是该我报，你一个臭流氓还有理了？”

黎沂辰一副无辜的样子，用特别占理的口气回道：“可是我才是受害者，你不过就是被看一眼，而我，流血了……”

夏纾凌这一天下来受到的气，简直可以用来吹热气球了，大声吼道：“什么叫不过就是被看一眼？这关乎我的名誉，懂不懂？我一个黄花大闺女，受到这种侮辱，一句道歉没有就罢了，居然还被反咬一口，你到底是不是男人？要不，你也让我看一下？啊？”

说完，她便直接上手扒黎沂辰的衣服。因为他穿的是衬衣，夏纾凌一扯，扣子便全崩了，坚实的胸膛赫然出现在眼前，夏纾凌还不够撒气，伸手还想去扒他的裤子，他哪里肯让她乱来，一只手死死地抓住她的双手，然后反扣到背后，她整个人被按趴在了沙发上。

“臭女人，到底是谁在耍流氓？”

夏纾凌被弄疼了，急得一哭：“你现在知道被人侵犯有多恶心了吧？你一个大男人，做错事情，说句对不起很难吗？”

见她哭了，黎沂辰便松开了手，起身整理一下自己的衣服，态度依旧强硬：“看都看了，道歉有什么用？我从不觉得一句对不起能改变些什么。再说了，要道歉的是你才是，我对看过的东西都是过目不忘，刚才那一眼，直接影响到了我今晚的睡眠质量。”

夏纾凌委屈地咬唇盯着这个不害臊的男人，久久说不出一句话，他不说还好，这一说，就不是影响他的睡眠质量了，而是她，铁定会一夜无眠的！

天啦，我怎么会蠢到来接近这个家伙？

“以后，我的浴室，你——不——准——进！”

黎沂辰一字一句地说完后，转身进了书房，没一会儿，传来“啪”的一声，不知道是什么被踢飞了。

啧，脾气还不小。

第二天，是大老板难得的休闲日。

夏纾凌顶着熊猫眼看着客厅里比自己眼圈还黑的男人，心里倒是有些小雀跃，本来睡眠就不好的，昨晚估计一整夜都没睡吧？

不过，一想起他满脑子想的都是一丝不挂的自己，真是想死的冲动都有了。

“之前说好的，你休闲的时间，由我来安排，所以早餐过后，你就去换一套轻便的衣服吧！”

“我拒绝！”黎沂辰想也没想便吐出这三个字。

“你都不知道我是什么计划，凭什么就拒绝？”夏纾凌气得一叉腰。他都不知道，为了折磨他，这个计划花费了她多少的精力和时间。

“因为你被 fire 了！”

黎沂辰抬起有些疲惫的脸，说话也有些有气无力，估计昨晚是被那消除不了的“裸像”给折磨疯了。

“我想来想去，都觉得不该把你这种女人留在我身边，你不是来治疗我失眠症的，而是来折磨我的，所以，为了安全起见，必须得离你远一点。”

夏纾凌有些哭笑不得，明明吃亏的是她，却还要被反过来咬一口，这人真是极品到了让人无语的地步。

“好，我可以走，不过，你得赔付我拆迁款，不然，我没地方住，我还会来缠着你的，到时候，恐怕你会更烦！”

“嗬，真是好笑，当初我们给你开价要你搬家的时候，你死活都不配合，现在我们依法拆迁，你反而问我要起了拆迁款？”

“把人逼到绝境，你是不是很开心啊？”夏纾凌压抑住内心的怒火，“还是说你做生意从来就不讲良心的？我告诉你，上天对人是公平的，你做的这些缺德事，迟早有一天会让你还的。”

“只有穷人才相信命，我黎沂辰的命，向来都是把握在自己手里的！”

黎沂辰冷冷一笑，让夏纾凌直接心寒，这又不是旧社会，怎么还会有这么穷凶极恶的资本家？

夏纾凌冷笑一声，冷冷地吐出两个字：“可悲！”

05. 记忆屋中的糖果树

此时的夏纾凌对黎沂辰一点办法都没有，不仅没有抓到他的弱点，反而还被他耍得团团转，心情真是糟糕透了，用身上所剩不多的钱，去了酒吧。

宋轶打电话给夏纾凌的时候，夏纾凌已经喝大了，宋轶顾不上自己的伤势，虽然好得已经差不多，但走路还是一瘸一拐的，赶到夏纾凌所在的那个酒吧时，只看到她一个人坐在门口，头埋在膝间，颤抖着双肩，哭得很伤心。

宋轶很是心疼，站在一旁却不知怎么安慰，手抬起后又落下。

夏纾凌感觉面前有人，抬头一看是宋轶，直接起身扑进了他怀里，眼泪鼻涕全都蹭在了他的胸口。

“阿凌，你别哭了，你知道了，我最怕的就是你的眼泪。”宋轶轻轻拍着她的背，尽量让自己站得稳当。

夏纾凌抹了抹眼泪，虽然有些醉眼惺忪，但还算清醒。她扫视了一下宋轶，关切地说：“你跑出来干吗呀？伤都还没好，快回去，不然你妈该担心了。”

宋轶哪里顾得上自己：“我没事啦，你都不知道，这几天我在医院什么都帮不了你的时候，有多着急。你看看你，还把自己给弄伤了。好了，你跟我回家，以后我管你吃喝，不要再去找那个姓黎的了，我都看了新闻了，他那种人，不好对付的。”

夏纾凌摇了摇头，拒绝道：“不要了，你还是送我到你家仓库吧，这几天我都住在那里，我不想给你添麻烦，我明天去找我姑姑，她应该会帮我的。”

宋轶知道拗不过她，先点头答应了，在路边打了个车，带着夏纾凌，去了自家仓库，本打算留下来陪着她的，可她不愿意，硬是让他回了医院。

这一夜，夏纾凌借着酒劲儿，哭得眼睛都有些肿了，脑子里一直回想着黎沂辰的一句话——“只有穷人才相信命！”

这是要让她认命了吗？

几天后，各家媒体再次报道了关于翼博公司员工加班猝死的新闻后续，夏纾凌站在一家超市门口，看着荧幕里几日未见的黎沂辰，一如初见时那般冷绝高傲。

“公司的员工猝死，我们当时是给了他家属抚恤金的，而且公司为他买的保险也赔付了不少，到现在，他们还在渲染此事，说我是无良老板，我只能说，不好意思，我不是慈善家，没必要为你们一再买单，此事我会交给公司的律师团，一切按照法定的程序走。”

听到这里，夏纾凌忍不住一声冷笑，这世上，你黎沂辰冷血称第二，没人敢称第一，就算你的命是掌握在你手里的，你也迟早会遭到报应。

这几天，夏纾凌去找了自己的姑姑，说是姑姑，却不是亲的，之前也很少往来，但也没绝情到一点忙都不帮。姑姑塞了些钱给夏纾凌后，说了句各自安好。夏纾凌虽硬气，但此时这些钱对她来说极其重要。

仓库能暂住一段时间，当务之急是找到工作，不仅要填饱自己的肚子，还要攒够小妹的生活费。

夏纾凌循着传单上的地址，拐进了一条巷子里，然后在巷子的尽头，找到了这家名为“记忆屋”的小店。

小店装修很古朴，与周围的建筑有些格格不入，更让人惊奇的是，木牌上写的是——毁灭一切的时间和拯救一切的记忆。

夏纾凌虽然没上大学，但空闲时读的书还是蛮多的，而这句话，她也非常熟悉，是《追忆似水年华》中的时间艺术，是关于记忆碎片的故事，夏纾凌有些不明白，这家小店是用来干吗的。

不过，既然要招人，还是进去先问问看吧！

掀开门帘，跨过门槛，屋内的光线不是很亮，踏在木地板上，还会发出吱呀的声音，夏纾凌下意识地吞了吞口水，小声喊道：“你好，请问老板在吗？我是来应聘的！”

屋子里没有人回应，不过借着窗口的光线，夏纾凌扫视了一圈屋子里的摆设，除了正门方向有一个柜台外，两边都是木质的横架，而架子上摆放着各种奇形怪状的东西，在墙上投出的影子，像一个个的鬼魅，夏纾凌不由得有些怕了，但是好奇心却驱使她一步步地靠近，想要看看这究竟是什么东西。

每个像树状一样的摆件上，插满了各式的小物件，颜色以深色为主，为半透明的状态，像棒棒糖一样，每个都有根小棍子，夏纾凌想用手去碰的时候，突然而来的声音把她吓了一大跳。

“那些都是别人阴暗的记忆，你最好还是不要碰它们。”

说话的是一个中年大叔，留着络腮胡，戴着一顶贝雷帽，手里还拿着类似的小物件，好像是刚完成的。

“什么？”夏纾凌有些没听明白。

“你就是刚才打电话来应聘的姑娘吧！”

大叔把物件一根根地插进树状的孔里，最后插上去的，是一根彩色的棒棒糖，看着比其他棒棒糖都要好看诱人。

“为什么这一根和别的不一样？”夏纾凌忍不住问。

“呵呵！这可是我们的镇店之宝，要1000块一根呢！”

大叔笑得慈祥，把身上的围裙取下来挂在一旁的墙上，然后转身说：“夏小姐，你可以在这里上班了，工作内容很简单，就是卖掉这些糖果，当然，如果能帮我卖掉这根彩色棒棒糖，我可以多付你一些工钱。”

夏纾凌撇撇嘴，暗自腹诽，这么小的一颗糖果，超市里不过就卖5毛钱，这里却要卖1000块？这不是讹人吗？不过说真的，这确实看起来挺诱人的。

难得找到这么轻松又工资待遇还不错的工作，夏纾凌自然乐意了，熟悉了一下环境后，取下墙上的另一条围裙围上，便开始忙活了。

一个星期过去，来这里的人是不少，却没有一个是来买糖果的，不仅如此，外面摆放的糖果还越来越多，最奇怪的是，来这里的人，每一个都貌似很不开心，但走的时候，却又都是笑着离开的。

每次想问问这个大叔的时候，大叔都说自己很忙，叫她耐心等待，总会有人来的。夏纾凌想，你一个老板都不担心盈利问题，她一个员工就更不要瞎操心了。至于其他，若没必要知道，还是不要多问了。

这天，夏纾凌像往常一样，拿着抹布擦着柜台，她把那颗彩色的糖果放在了最显眼的位置，些许阳光照耀在上面，看起来晶莹剔透，还在地上投出了彩色的光影，像彩虹一样，不由得心情也跟着好了起来。

因为没什么事要忙，闲暇的时候，夏纾凌喜欢翻看以前的照片，看着老宅，看着父母，因为无能为力而心痛得有些无以复加，很多时候看得自己泪流满面而不自知，大叔看到过几回，什么都没说，只默默地摇头。

然而，今天，情绪无法继续蔓延，因为，被突如其来的人给打断了……

因为他是闯进来的，而且没走两步，就晕倒在了墙根处。

光线不是太好，所以夏纾凌第一眼并没有认出来是谁，走过去一看，不由得哼哧一笑，嘀，冷血大老板，还真是冤家路窄，好久不见嘀！

黎沂辰喘着粗气，额前的刘海已经被汗濡湿，那样子，应该是剧烈运动过后，有些低血糖了。他微睁着眼睛看着夏纾凌，估计也是有些惊讶，为什么会在这里碰到她？可危急关头，哪还有时间寒暄，他伸出手颤颤巍巍地说：“给，给我一颗糖！”

夏纾凌双手抱胸一副看热闹的表情，眼睛瞥了一眼在阳光下的彩色糖果后，也把手伸了出去：“我可以给你糖，不过你要先付钱！1000块，不议价。”

黎沂辰哪里还有力气跟她讨价还价，从包里摸出了钱包，整个递了过去。夏纾凌满意地接过来，起身去拿了那颗天价糖果，不知怎的，她突然觉得，这颗糖果给了这个人，有些浪费了呢？

毕竟是店里的镇店之宝，没想到却给了一个冷血无情的男人，还真是讽刺得很啊。

因为钱包里没有现金，所以只能拿出他的卡来刷，上次在超市看他没有输过密码，所以便随便抽了一张，刷卡机在里屋，等夏纾凌结完账后出来，哪里还有黎沂辰的身影？

夏纾凌自嘲一笑，这家伙，还真是永远学不会礼貌，不过罢了，付了钱也算为自己的业绩做那么一点贡献了……

第四章

糖果后遗症

01. 黎沂辰发狂了

后来夏纾凌才从新闻上得知，他之所以会出现在记忆屋，是因为被之前加班猝死的员工家属追打，上次他运气好，遇到像她这样的小仙女为他挡板砖，虽然到最后还极度不知好歹不知感恩，这一次，兴许就是“老天爷也看不惯了”系列。

一想到平时傲娇得连头都不肯低的男人，被人追到低血糖晕倒，夏纾凌就觉得大快人心，倘若她再坏那么一点点，当真是看着他死，也不会心软了。

只是这人连钱包都不拿就这么走了，是不是太丢三落四了？他不会又以为，她会拿着他的钱跑路吧？虽然她目前确实很缺钱，而且这些卡又可以不用密码随便刷，真是分分钟在考验她的人性呢！

第二天，夏纾凌照往常一样去上班，可奇怪的是，记忆屋不见了，像人间蒸发了一样，整条街都没有看到店铺，仿佛之前发生的事情，都是自己的幻觉。

夏纾凌不可置信地揉了揉眼睛，再次来回确认是不是自己走错了，可反复证明的结果就是——记忆屋真的不见了。

更加奇怪的是，问了附近周围的人，都说从没见过这家店。夏纾凌蒙了，连忙从包里翻出手机，之前因为有拨打过大叔的电话，所以还留有记录。

“对不起，您拨打的号码是空号，请查询后再拨……”

夏纾凌彻底傻眼了，从包里拿出黎沂辰的钱包，整个人像被按了暂停键一样愣在原地，如果都是自己的幻觉，那为什么这个钱包还会在她的手上？

夏纾凌忽然想起以前在店门前看到的一句话——毁灭一切的时间和拯救一切的记忆。

想来想去，没有一点头绪，不由得往地上一坐，自言自语道：“老板，不带这样的吧？就算要走，是不是也要先付一下工钱啊？”

突然一下失业，夏纾凌多少有些沮丧，坐在河堤边发了很久的呆，然后从包里翻出了黎沂辰的名片，看了许久后，长长地叹了口气：“就算你再坏，捡到你的钱包也应该还给你才对。”

电话拨过去，响了很久才接起来。

“黎沂辰，我是夏纾凌，你的钱包……”

“夏纾凌，我快死了，你快来救我！”

夏纾凌话还没说完，黎沂辰痛苦的声音便传了过来。

夏纾凌心里一紧，黎沂辰不是会开玩笑的人，难道又是低血糖晕倒在哪里了？怎么这种事情老是让她给碰上呢？老天，你是不是搞错了？我不是他朋友啊，为什么每次都要她去救自己的仇人？

毕竟是人命，夏纾凌也不敢耽搁，问了地点后，连忙打车赶过去，一路上其实还是很忐忑的，恨自己心太软，一而再再而三地做一些让自己讨厌的事。

赶到公寓后，因为知道密码，所以轻车熟路地进了门，冲到房间一看，黎沂辰面无血色地躺在床上。

夏纾凌连忙从包里拿出一颗糖：“来，先把这个吃了，我去厨房给你煮点吃的。”

夏纾凌刚转身想走，手却被黎沂辰给拽住了。

“那天你到底给我吃的是什么东西？”黎沂辰的情绪似乎有些歇斯底里。

夏纾凌眨巴眨巴眼，如实回道：“糖果啊？还能是什么？”天啦，他现在不是要怪她收了那么多的钱吧？

黎沂辰像是发怒了的猛兽，一个翻身从床上爬起来，顺手一拉，夏纾凌便整个被丢在了床上，他再欺压过来：“为什么我吃了这个糖以后，脑子里全是一些乱七八糟的记忆？”

夏纾凌被吓傻了，害怕得胸口一起一伏：“黎沂辰，你冷静一点，我觉得你现在应该去看医生！”

黎沂辰的脑子里又突然闪现了一些陌生的画面，他松开了手，痛苦地捂着头，整个人顺着床沿滑坐到了地上。夏纾凌趁机连忙从床上爬起来，然后逃也似的跑了出去，直到下了楼，才稍微平静了一些，仔细一回想，才把事情给捋清楚。

他说他脑子里出现了陌生的记忆？全都是因为吃了她卖给他的那颗糖果？

夏纾凌忽然想起她刚去记忆屋时，大叔曾对她说过的一句话：“那些都是别人阴暗的记忆，你最好还是不要碰它们。”

明明看起来只是糖果，大叔为什么要那么说呢？而且黎沂辰吃的那一颗，跟其他的都不一样啊。现在记忆屋不在了，大叔也不在了，可唯独黎沂辰吃下糖果的这件事却还真实存在着？

一切的一切，究竟是怎么回事？

夏纾凌想来想去，也没有什么结果，正准备离开的时候，心里却忽然担心起黎沂辰，因为不管怎么看，现在的他都是不正常的，再上去肯定是不敢了，但也不能见死不救，想来想去，最后决定给张秘书打了电话，对，他应该会处理好的。

现在还是应该多担心担心自己，在还没有完全弹尽粮绝的时候，得赶紧找到下一份工作才行。

就这么平静地过完两天后，宋轶出院了。为了给夏纾凌讨回公道，他聚集了一帮人，举起横幅、拿起工具，跑到了翼博公司楼下，声势浩大地讨要说法和赔偿，那阵仗，就跟爆发了工人运动一样。

夏纾凌好不容易找到了份工作，连假都来不及请就跑了过来，这次估计又要失业了。

“阿凌，你过来了？”宋轶头上还绑着红布条，写着“还我家园”

四个字，汗水已经濡湿了上衣，想来已经在楼下喊了很久了。

“小轶，你的伤刚刚才好，干吗又跑来做这些啊？”夏纾凌拿出纸巾给宋轶擦了擦汗。

“老宅被拆，都是因为我没能守护好。阿凌，你放心，我一定会帮你要回一个说法的。”宋轶那坚毅的表情，让夏纾凌很是感动，虽然他很多时候做事都有些不靠谱，但这么些年来，若没有他，她恐怕早就露宿街头了。

“小轶，回去吧！不会有结果的。”

她太清楚了，黎沂辰的心到底有多狠，之前发生诸多种种，已经让她寒了心。她也怨，也气愤，更是委屈，可是她势单力薄，什么都改变不了，更不想再因为这件事，让宋轶再掺和进来。

没错，早在几天前，她便放弃了，累了也倦了。

02. 奇怪的梦境

整个梦境混杂又断断续续，一会儿梦见自己坠入了黑暗无边的深潭窒息到无法呼吸，一会儿却又梦见自己抱着湿漉漉的尸体泣不成声地说着对不起……他还记得她在趁他装睡时偷吻她的情景，也还记得她遍体鳞伤来敲门，却被自己狠心拒之门外时的无奈和心痛……

“公子，你放心，我一定会让你的眼睛好起来的……”

“公子你看，雪开始融化了，能看到庭院里的桃花了，真的好美好美……”

“公子，若兰不懂爱，却不忍看到公子受苦，你回去吧！公子值得拥有更好的……”

……

“临别殷勤重寄词，词中有誓两心知……能幸得公子痴情于此，若兰，足矣……”

……

虽断断续续、模模糊糊，可一张不施粉黛却如朝霞映雪的娇美脸蛋一直在脑中盘旋浮现，黎沂辰醒过来的时候，眼角的泪水已经湿了枕头。

他从床上坐了起来，抹了抹眼角的泪，觉得有些不可思议，他居然也会哭？还是被梦境给影响了？

“总裁，你醒了？”在一旁打盹儿的张秘书惊喜道。

黎沂辰往四周一看，才知道是在医院的病房。他撑坐起来，问道：“我怎么会在这里？”

“是夏小姐打电话给我的，说你可能生病了，叫我送你来医院，怎么样？总裁，你好些了吗？”张秘书说完给黎沂辰倒了杯水。

黎沂辰有些迷迷糊糊，脑子里乱糟糟一片：“夏纾凌呢？”

张秘书没料到总裁会提到她，顿了一秒钟之后，拿起遥控器把电视打开，现在的电视相当于电脑，他一番操作过后，电视里出现了今天早上的新闻。

一群抗议的人员聚集在翼博公司的楼下，而领头的人当中，就有夏纾凌的身影。

“总裁，我一开始真的不知道她就是那个钉子户，我要知道肯定不会让她接近你的……”张秘书委屈地撇着嘴，一副也是受害者的模样。

黎沂辰一直静静地盯着电视，表情有点难以捉摸。

“不过，总裁，你放心，这件事我已经叫公关去处理了，没有给公司造成多大的影响。”

“张秘书，你相信人有前生吗？”黎沂辰良久才吐出这么一句话，

张秘书一惊，这话题似乎转移太快，而话题内容更是让人有些措手不及。他连忙摇头道：“总裁，您不是在开玩笑吧？什么前生今世的？又不是拍神幻电视剧，我们可是接受过高等教育的知识分子，这种没有科学依据的事情，听听就好了。”

黎沂辰的双眸忽然有些放空，这些奇怪的梦到底是什么意思呢？若兰是谁？如果只是混乱中乱起的梦境，怎么会如此具象化？比起刚开始画面闪现，现在貌似已经有了剧情了，难道是精神错乱了？

“我以前脑袋有受过伤吗？”黎沂辰转过脸认真地问。

张秘书有些不解，但很快便摇头否认了，不管怎么看，都觉得今天的总裁有些异于常人，于是，惴惴地问：“总裁，您是哪里不舒服吗？要不要我叫医生来给您看看？”

黎沂辰端起床头柜上的水喝了一口，然后吩咐：“不用了，你给我找一套衣服过来，我们马上去公司一趟！”

张秘书连哦了两声，便转身离开去忙活了。黎沂辰再次盯着电视机里的夏纾凌，不知道在想什么。

“各位辛苦了，谢谢大家今天帮忙！”

夏纾凌和宋轶搬来了矿泉水，然后人手一瓶发放给今天帮忙的亲朋

好友，等发放完毕后，夏纾凌和宋轶也累得在台阶上坐了下来。

“这狗屁开发商，也太绝情了吧？居然出动保安把我们给撵走？”宋轶捏着矿泉水瓶的手，青筋凸起，一副不甘心的样子。

“好了好了，小轶，我早就料到会是这个结果了，没人受伤，已经是万幸了，你答应过我，这是为老宅做的最后一件事了，所以，要说话算话哦！”夏纾凌笑着安慰，作为当事人，除了无奈似乎别无他法。

“可是，阿凌，你不能一直住在我家仓库啊，眼看夏天就要到了，仓库里又没有冷气，哪里还能住人？”宋轶说完，眼珠子一转，似乎又想到什么，“不如，阿凌，你搬到我家吧！新的安置房你还没去过呢，可宽敞了！”

夏纾凌微微叹口气，拍了拍宋轶的肩膀：“我知道你家宽敞着呢！可我不想你为难。再说了，我一个女孩子，住你家，也实在有些不方便，你放心，我很快能找到住的地方的。”

“有什么不方便的？我妈她都听我的，不会说什么闲话的，不如，阿凌，你直接嫁给我吧！这样，不就名正言顺了？”宋轶笑得一脸憨厚，眼里却带着几分紧张和闪烁。

夏纾凌“噗”的一声喷出了水，连咳了好几声才缓和过来：“好啦，小轶，这可是婚姻大事，怎么能这么随随便便？”

宋轶刚想说他不是开玩笑的，夏纾凌的电话却在此时响了起来。

虽然没有存这个号码，但夏纾凌还是一眼认出来了，怕宋轶知道情绪会激动，所以起身去到一边后才接起来。

“夏纾凌，我们必须再见一面。”

一如既往的毫无商量的口气。

“除非你答应给我赔偿款，否则我认为，我们没有理由再见面。”夏纾凌也丝毫不退让。

对方电话沉默了两秒后：“好！你在哪里？我去接你！”

夏纾凌有些意外，也是顿了好几秒才反应过来，转头看了眼正在往这边看的宋轶，她连忙回道：“啊，不用了，你说个地点，我过去找你就行了！”

“好！”

电话果断挂掉了。

夏纾凌盯着手机愣了许久，都有些怀疑是不是自己听错了，又连忙从包里翻出名片，一个数字一个数字对比了上面的号码后，才确定真的是黎沂辰打来的。

他居然妥协了？不对啊，那个小气到连超市都要跟着去结账的男人，居然答应给她赔偿款了？

会不会是陷阱？他那些下三滥的招数也没少使过，万一被骗了怎么办？可是，她现在穷得只剩下自己这个活标本外，还能被榨出什么油水？

“那个，小轶，你帮我多谢谢大家，我现在有点急事，要马上去个地方！”

“去哪里？我送你啊？”

“不用了！我很快就回来！”

哎，死就死吧！总得知道你使什么招，才好见招拆招啊？要是被逼急了，倒是不介意让他看看，什么叫兔子急了也会咬人！哼……

03. 小气又冷血的大老板

黎沂辰在一家咖啡厅等着夏纾凌。

夏纾凌坐下后，发现他正喝着咖啡，而自己面前空空如也，不免有些懊恼。

“不是吧，大老板，连杯咖啡都不请？”

“我的咖啡可没那么好喝！”黎沂辰不咸不淡地说了句。

夏纾凌不由得翻了个白眼，还真是应了那句话，越有钱的人越小气，这种咖啡还是少喝的好，怕拉肚子。

“那我们就来说说赔偿款的事情吧！”夏纾凌从包里拿出关于老宅的房产证和一些证明其价值的资料，“难得你良心发现，你放心，我不会漫天要价的，我跟那些无良的资本家还是有区别的。”

黎沂辰瞥了一眼桌上的资料，似乎不打算理会。他身子往前倾，音量放低了些：“赔偿款可以给你，但是有条件。”

夏纾凌就觉得事情没这么简单，身子往后一靠，尽量离这个冷血远一点。

“什么条件？”

“你只要告诉我，你当初给我吃的那个是什么东西？为什么我吃了后，脑子里全是些乱七八糟的回忆？”

黎沂辰作为无神论者，说出这番话，也是觉得有些不可思议，可想来想去，这几天的反常，全都是因为吃了那个糖果。

夏纾凌可能没想到黎沂辰会问这个问题，关于这件事，她本人也是觉得蛮奇怪的，如果一如自己之前的猜测，那么黎沂辰吃掉的那颗糖果，应该就是别人的记忆，可是这没有科学依据的事情，讲了他也不会相信的吧？

“我怎么知道？我只负责卖糖果，至于你为什么那样，难道不是因为你坏事做尽，老天看不下去，对你的惩罚？”

黎沂辰懒得跟她逞口舌之快,起身一把抓住夏纾凌的手腕便往外拖。夏纾凌就算力气再大，也抵不了一个男人的力道，他打开车门，把夏纾凌丢了进去。夏纾凌想要从车里逃脱，却被他用眼神警告了，也不知道为什么，明明有理的人是她，却又偏偏害怕他的无理。

“带我去那个店！”

“没用了，那个店……”夏纾凌迟疑了一下，要说成是消失，他肯定又会不依不饶，“已经搬走了。至于搬去了哪里，我也不知道。”

可黎沂辰哪里肯相信她说的话，非要亲自去证实一下。来到巷子后，走了好几个来回，才终于相信，夏纾凌说的是实话。

“大老板，我们现在可以说说关于赔偿款的事了吗？”夏纾凌双手抱胸，拦在黎沂辰的面前。

“这件事并没有得到解决，所以，赔偿款的事情你就别多想了。”黎沂辰说完便绕开夏纾凌走在了前面。

夏纾凌连忙跑过去，再次拦住他的去路，也不知道是被气的还是因为跑得太急，夏纾凌的胃突然绞痛起来，她捂着肚子，连一句完整的话都没办法说出来……

“我，我说……你，你怎么说话……出尔反尔呢！你作为一个集团……的老板……是不是，是不是太……太……”夏纾凌话还没说完，整个人便晕了过去。

黎沂辰低头瞄了一眼，以为是她在演戏，轻嗤了一声表示好笑，便从她身上跨了过去，这么老的套路也敢在他黎沂辰面前演？

这天底下，谁都可能因为恻隐之心上当，而他不会！他从不善良，从不会因为某些狗血的剧情心酸难过，在他母亲自杀的那一天起，他便从此不相信任何人、任何事。

“哎，年轻人，你怎么回事啊？”

就在他准备决绝地走掉的时候，一个老大妈冲过来拦住了他，把他吓了一跳。

“你女朋友晕倒了，你就这么走了？就算是吵架，也不能连她的命都不顾啊……”

老大妈已经在旁边观察很久了，看到刚刚那一幕，实在是气不过，便追了过来。

“她不是我女朋友。”黎沂辰无辜地解释。

“就算不是女朋友，也是认识的人吧？你这人怎么这样子？我刚才还看见，你从她身上跨了过去，看你衣冠楚楚的样子，怎么能做出这种事？”老大妈的声音越说越大，一下子吸引了周围的人。

群众全都一边倒地开始指责起黎沂辰，黎沂辰的忍耐很快到了临界点。

他摸出电话，准备叫张秘书来处理这个情况，谁知，人群中忽然有人叫道：“赶紧打电话报警，那女孩儿晕倒，说不定就是他给害的。”

黎沂辰顿时百口莫辩了，抓狂地怒喝了一句：“够了！”然后无奈地转身走向夏纾凌，犹豫挣扎了好几秒后，才蹲下身子把夏纾凌从地上抱起来。他从未碰过女人，也不知女人的身体竟如此柔软，抱在怀里软软糯糯的，竟有些晃人心神，便不自觉地多看了两眼。

皮肤白白净净的，没有复杂的妆容，也没有难闻的香水味，因为抱着的姿势，嘴巴微微张开了一条缝儿，能清晰地看到里面的一排牙齿，本来看过一遍就很难忘却的脸，此时不由得又深刻了几分。

送上车后，张秘书的电话回拨了过来，黎沂辰有些烦躁，直接把手机丢在了副驾位，驱车往医院的方向去了。

夏纾凌醒过来时，是宋轶守在她的床边，那红肿的眼睛，貌似已经哭过一场了。

“好了，你一个大男人，掉什么眼泪啊？我又不是死了。”夏纾凌摸了摸宋轶的头，声音还有些虚弱。

“你以后不准再去找黎沂辰了，每次一去，都把自己弄得伤痕累累的，要不是我刚好打电话过来，你身边都没个人能照顾你。”

夏纾凌把自己撑坐起来，笑了笑：“我只是胃痛啦，没那么夸张。谢谢你啦，小轶，每次都麻烦你。啊，对了，这些天发生的事情，就不要告诉小悠了，老宅的事情，她已经很内疚了，我不想再因为我的事情，而影响到她学习。”

宋轶微微叹了口气，点了点头，然后把一旁准备的粥端了过来：“还是先吃点东西吧！”

04. 烦躁的大老板

“你堂堂一个金科状元，怎能娶一个青楼女子为妻？”

“你若敢娶，就永远都不要踏进陆家的门！”

“我堂堂一个大小姐，难道还比不上一个丫鬟吗？你竟为了她，要休我？”

“鼎生啊，听话，不要再为了一个女人执迷不悟了，今世求不来的缘分，就下世再偿还吧……”

在一个虚无缥缈的空间里，各种声音从四面八方传来，那种无助、无奈、心痛到无以复加的感觉袭遍全身，他想要反驳，却像被人掐住了脖子，连叫都没办法叫出声。

“若是前生未有缘，待重结，来生愿……”一抹白衣影子从眼前忽地飘过，他想去抓住些什么，却又只能抓到一片虚无。

若兰，你不要走，你可知，见不到你的日子，即便折尽梅花，也难寄相思啊……

黎沂辰已经不会再从这种梦中惊醒了，他缓缓地睁开眼，平静地盯着天花板。

他已经数不清这样的梦做了几次了，虽然每次沉睡的时间都很短，但他开始慢慢地确定了，这既不是精神错乱后的臆想，也不是该属于自己的那份记忆，虽然不知道为什么会出现在自己脑子里。

黎沂辰像往常一样去了公司，张秘书把资料放在了他的桌子上。

“总裁，这是城北拆迁项目的所有资料，您看一下，如果没有问题，关于城北新建的项目就可以正式启动了。”

黎沂辰随手翻了翻那一沓厚厚的资料，没料刚好翻到了夏纾凌签字的那张同意书，脑海中不自觉地闪现出这个女人的身影。

“那个女人出院了没有？”黎沂辰不自觉地问出了口，自己都有些诧异。

“啊？”张秘书貌似也没有反应过来，“总裁说的是夏小姐？”

黎沂辰自己也觉得别扭，连忙解释：“我是怕她又来烦我。”

张秘书了然一笑，保证道：“不会的，总裁，您放心吧！我不会再让她有机可乘了。”

黎沂辰哪里是想听到这句话，莫名一阵烦躁，手一挥，示意张秘书出去。

张秘书挑了挑眉，自认为没有说错话啊，不禁腹诽，最近的总裁还真是越来越奇怪了。

黎沂辰打开电脑，点开了前几天的新闻，在人群中找到了夏纾凌的身影，盯了几秒后，又搜索了更早之前的新闻，在找到一篇“我的老宅”那篇微博文章后，他放慢了鼠标的滑动。

“听爸爸说，老宅已经存在好几百年了，翻新重建过很多次，在很久以前，是属于大家大户的那种，只是后来没落了，老宅便越修越小了。”

“听爷爷说，老宅里有很多的故事，它见证着我们夏家几代人的成长，在他的记忆中，老宅的第一次翻修，是他娶奶奶回来的那一年，那个时候，老宅张灯结彩，敲锣打鼓，红成一片，虽然我没法目睹，但我想，是不是跟电视里演的一样，庄重又堂皇，沉淀出的全是那种厚重又古朴的味道……”

文章中穿插着老宅以前的照片，甚至还有留着长辫子的太爷爷，整个老宅经历了百年过后的不同样子，最新的照片是夏家两姐妹在院子里嬉戏，然后到慢慢长大，黎沂辰居然一张不落地全看完了。

而最新更新的微博，只有三个字——对不起。

下面则有一张老宅被拆掉的照片。

黎沂辰看得心浮气躁，啪地盖上了笔记本电脑，然后双手扶额，今天他是怎么了？怎么突然就对这个女人上心了？

正在这时，那个电话又打来了，黎沂辰也不知道怎么了，竟鬼使神差地接了起来。

“黎先生，你终于肯接电话了。”电话那边传来的是一个女人的声音。

黎沂辰有些下不了台，本想说以后都别打电话过来的时候，女人的声音再次传了过来。

“老先生的身体状况很不好，你看你要是有时间能不能过来看看？还有，最近夫人的情况也不是很好……”

黎沂辰果断挂了电话，他不想听到关于他们的一点消息，哪怕是死，他也不会去看一眼。这十几年他都是这么过来的，然而却没有一次像现在这样，让人心浮气躁。

黎沂辰起身在办公室里来回踱步，焦躁的情绪像是火焰一般缠绕着他，他一边走一边轻笑着，最后似乎忍无可忍，啪地摔掉了手里的手机。

把刚进来的张秘书给吓了一跳。

“那个……总裁，跟罗医生约定的时间到了，您看……”

黎沂辰想也没想便拔脚走了出去，张秘书也不敢多言，连忙跟上。

总裁这是更年期提前了？张秘书有些欲哭无泪。

夏纾凌边打电话边下了车，确认了一下医院的门牌后，说道：“好啦好啦，我到了，你放心，资料我都准备好了，又不是第一次面试，你放心啦，这次真要谢谢你了，帮我介绍这份工作，等我领了工资，请你吃饭……”

电话挂断后，夏纾凌看了眼自己手里拿的资料，豁然一笑：“没想到以前考下的证书，现在还能派上用场！”

朋友认识得多就是好，正愁不知道找什么工作的时候，便有人介绍她来医院做护工。这护工虽然不能跟专业的护士比，但以前夏纾凌为了照顾病重的母亲，特地去考了个护工证，没想到时隔这么多年，这个居然也能成为自己的职业。

“这个呢，是老先生的饮食和作息表，你自己先熟悉一下，吃完午饭后，下午就正式开始工作吧！”说话的是一个中年妇女，是这位老先生家里的管家大婶。

“对了，千万要记住，不该你问的千万别问，做好自己的事情就行了。”她朝里屋叫了一声，然后一个年轻小伙子走了出来，“这是小王，也是老先生的护工，你有什么不明白的地方，也可以直接找他。”说完，她便离开了。

“你好，我叫王喜，你叫什么？”小伙子看起来年纪不大，挺活泼开朗的。

“你好，我叫夏纾凌，以后请多多指教了！”

05. 大 Boss 看医生

通过跟王喜的交谈，夏纾凌了解到，王喜的专业是高级护理，跟她完全不是一个档次的，而且他照顾老先生已经快两个月了。

夏纾凌特别羡慕和崇拜这种年纪又小又能干的年轻人，两人一起吃完午饭后，一路有说有笑的，一点也不像是刚认识的样子。

“对了，老先生喜欢安静，所以平时要是没什么重要的事，千万不要去烦他。”在进病房前，王喜特意提醒道。

夏纾凌点了点头，跟着王喜走了进去。

他们口中的老先生看起来挺严肃的，夏纾凌打了个招呼后便不敢多说什么了。只是不知道是不是自己太过于敏感了点，她总觉得这位老先生很是面熟，明明又是第一次见面。

与此同时，黎沂辰也到了医院，最近这些奇怪的事情，他希望能从心理医生这里得到答案。

罗医生貌似已经等了他许久，看他那自信的笑脸，好像就没他解决不了的问题似的。

一进屋，罗医生便让黎沂辰躺在了一张躺椅上。

“看你脸色不是很好，最近是不是没有休息好？”

罗医生把音乐打开，悠扬绵长的旋律，似乎能让人卸下一切的心防。

“我……”

“你只需要告诉我，什么是你现在急需要摆脱的就行！”罗医生抢了话，仿佛只要他看一眼，就能洞穿一切似的。

被突然这样直白的问话，黎沂辰脑子里忽然就乱作一团，什么是他现在急需要摆脱的呢？是脑子里不断浮出的陌生记忆？是常年得不到宁静的睡眠？还是那个一直挥散不去的女人身影？

过了良久，黎沂辰才喃喃地说出一句：“这世上真有报应这一说吗？”

罗医生粲然一笑：“报应这词来自佛经用语——善恶之报，如影随形，三世因果，循环不失。我是心理医生，从心理学的视觉来看，报应论，是用于进行‘幻想’的心理防御机制，虽能缓解心理的痛苦，但对实际的改善却并无用处……”

……

治疗时间还没到半小时，黎沂辰便从罗医生的办公室里走了出来，表情看上去有些茫然。张秘书不敢多问，跟着走了几步后，黎沂辰突然转过了头，吓得张秘书往后一缩。

“你确定这罗医生是国内目前最好的心理医生？”

张秘书愣了两秒后，笃定地点了点头，反问道：“怎么了总裁？有什么问题吗？”

黎沂辰组织了半天的语言，欲言又止地又比画了几下，最终只说了一句：“把给这庸医的钱，想办法给我要回来！”

张秘书眨巴眨巴了眼，神情有些茫然。

……

“你这是典型的感情困惑期啊？”

“什么意思？”

“你说你脑子里老是出现一些陌生人的记忆，而且还是古代的，这可以解释为其实是你极度渴望而产生的妄想症啊！至于你说你忽然觉得因为拆了别人的老宅而过意不去，这完全是人之常情啊，在心理学上这也叫‘共情’或者是‘同理心’。还有一种可能就是，你对那个人除了抱歉之外，或许还存在其他的感情，比如说喜欢？哈哈，那个人是个女人吧……”

黎沂辰满脑子就在回想刚才那罗医生的话，瞬间觉得自己蠢爆了，喜欢？他会喜欢那种女人？怎么可能？这么多年来，他的心早就硬得跟石头一样了，别说亲情和友情了，爱情这种东西，他甚至想都没有想过，真是可笑至极。

正烦躁不已的时候，突然一个熟悉的身影蹿进了视野，黎沂辰刚开始还以为是自己看错了，不想理会，可旁边的张秘书却突然冒出来一句：“咦？那个钉子户怎么会出现在这里？”

“难道是跟踪我们来的？”没等黎沂辰反应，张秘书又自顾自地说了一句。

正想要上前去问个究竟的时候，一架轮椅从旁边推了出来，黎沂辰一看到轮椅上的人，条件反射式地立马躲在了墙后，而张秘书也暗叫了声不好，跟着躲了进来。

“那个……总裁，我忘记老先生也在这个医院了。”张秘书一脸抱歉道。

黎沂辰一记白眼甩了过来，这张秘书跟了自己那么多年，做事一向让他放心，怎么最近却老是出一些乱子？

“你回去写辞职报告吧！”黎沂辰说完，朝着相反的方向走了。

张秘书愣在原地有些欲哭无泪：“不要啊……总裁，你怎么忍心抛弃我？”

夏纾凌自然是没有看到黎沂辰他们，推着老先生在花园里慢慢地转悠着，走到一个地方的时候，老先生突然做了个让她停下来的手势。

“爸爸，你看，这是我这学期的成绩单！”

一个小男孩一脸得意的神情，坐在轮椅上的男子看了后，满脸堆笑，摸了摸小男孩的头，表扬道：“我就知道我儿子最厉害了！真棒！”

小男孩得到了表扬笑得更开心了，在推车的那个女人，应该是小男孩的妈妈，笑得也是一脸的幸福。

夏纾凌看老先生看着那样的场景眼睛连眨都不眨，于是微微侧身问道：“老先生是不是想念自己的孙子了？”

问出这句话后，老先生转过脸看向夏纾凌，一脸的严肃。夏纾凌这才意识到，这个问题兴许不该问的，之前王喜还提醒过她呢，居然转身就忘了。

夏纾凌正想着要不要赶紧道歉的时候，老先生忽然沉沉地说道：“我没有孙子，倒是有一个儿子。”

夏纾凌不好意思地挠了挠头，附和道：“那老先生应该是想起自己儿子小时候了吧？”

老先生长长地叹了口气，过了良久才说道：“我都有些想不起来他小时候的样子了……我不是个好父亲，也难怪他到现在都不肯叫我一声爸爸。”

夏纾凌震惊得张大了嘴，觉得自己可能是真的问得有些多了，一时之间也不知道该说些什么来安慰，只咕哝了一句：“父子之间哪有隔夜仇？”

老先生也不再多说，做了个走的手势，夏纾凌明明有听到，他低下头时沉重而又无奈的叹息……

第五章 大Boss要进化啦

01. 冤家路窄

今天是期末，因为夏纾凌忙着上班，所以宋轶骑车去学校接夏小悠，在学校关了那么长时间，此时的夏小悠就跟放出笼子的小鸟一般，飞奔了出来。

“考得怎么样？”宋轶边问边把头盔递过去。

“还行吧！”

也不敢考差啊，想起老姐当初送她进来时说的那些狠话，夏小悠现在都还有些心有余悸。

“对了，小轶哥，我拜托你的事情怎么样了？”

“你放心，我已经跟我妈说好了，暑假你就去小超市帮忙。我妈那人就是嘴巴毒了点，心还是很好的！”

“嗯！那谢谢了！”

“跟我还客气啥啊？”

“也对，你迟早是我姐夫的嘛！”

夏小悠拍了拍宋轶的肩头后便上了车后座。

宋轶一听到这样的话，自然是乐开花了，也不知道是热的还是害羞，微微泛红的脸颊，让一个阳光大男孩看起来憨厚又可爱。

“好啦！老姐，你不用担心我了，我会做得很好的。”

“我是怕你给宋轶添麻烦！”

夏纾凌听说夏小悠去小超市上班，各种不放心，毕竟她现在最不想麻烦的人就是宋轶了。

“我已经十七岁了，不是小孩子了。好了，不说了啊，老姐，有客人来了！”说完，夏小悠便匆匆挂断了电话。

夏纾凌盯着手机，无奈地叹了叹气，不过，小妹有这个觉悟和决心，她多少还是比较欣慰的。

“哎，阿凌，快点过来，老先生突然晕倒了！”王喜焦急地喊道。

夏纾凌不敢迟疑，连忙跑了过去。

两人费了九牛二虎之力，才把老先生扶上了床。看着虚弱不堪的老人，夏纾凌一下子想起了自己的妈妈，有些忍不住鼻酸。

“这已经是这个月的第三次晕倒了，再这样下去，估计老先生撑不了多久了！”

医生和护士在病房里进行抢救，王喜跟夏纾凌则站在外面。

“王喜，我问你，为什么老先生的家人从没来看过他？”夏纾凌来这里当护工也有小半个月了，别说看到人了，连个慰问的电话都没有。

王喜摇了摇头，叹气道：“老先生的老伴儿有严重的精神疾病，在城郊的康复医院，情况也不是很好，而他的儿子……好像跟他有很深的误会……”

“有什么误会是父子之间不能解除的？老先生都这样了，也不来看他，是不是太狠心点了？”

一说到狠心，夏纾凌的脑海里不自觉地浮现出了黎沂辰的影子。不禁感慨，怎么让她遇到的，都是这些人。

“你不知道，前段时间那个……”

“小王，快进来帮忙一下！”

王喜话还没说完，便被叫了进去。

夏纾凌听得云里雾里，转身看着躺在床上无助又虚弱的老人，心里很不是滋味。

抢救工作完成后，病房内又恢复了安静，夏纾凌拿起热水瓶，想着去打些热水回来，走到走廊尽头的时候，看到了管家大婶在打电话。

看那焦急的样子，应该是没打通。管家大婶看到了夏纾凌，点了下头想要走开，夏纾凌却鬼使神差地叫住了她。

“那个，是在给老先生的儿子打电话吗？”

这样的场景夏纾凌不是第一次见，可每天打却都没有人接，这什么狗屁儿子，也太不像话了吧？

对于失去了家人的夏纾凌来说，实在是有些看不过去了。

管家大婶点了点头，表情有些哀怨，刚想跟夏纾凌说“做好自己的事情就好”，可夏纾凌抢先了一步。

“那个，大婶，你要不把这个人的住址告诉我吧！我亲自去找他，这老先生都这样了，作为儿子，怎么能不闻不问？”

管家大婶有些吃惊，本想说不用了，这些年她也去过不少次，可每次都是无功而返，可看着夏纾凌那坚毅又有些企盼的眼神，竟有些不忍拒绝。

“我虽然在这里只做了半个月，可老先生对我一直很好，从不苛求为难我，我话比较多，但他一直耐心地听我讲，我父母现在不在了，特别能体会那种感觉，所以，让我去试试吧！”

管家大婶竟被夏纾凌这番话莫名地感动了一把，在黎家做了十几年的管家，这样热心又善良的姑娘，她还当真是第一次见，谁知道呢！说不定她没能办到的事情，她能做到呢？

于是，管家大婶把地址写给了夏纾凌。

而接过地址的夏纾凌不觉尴尬一笑，不是吧？居然跟那个冷血大Boss住在同一个小区？

传说中的物以类聚？

下午下班后，夏纾凌便准备去会会这位“不孝子”，在上电梯的时候不由得有些小忐忑，这楼号这楼层，怎么感觉就是黎沂辰住的那个公寓？不会吧？这么巧？

正在这时，王喜的电话打了过来。

“你真的去找老先生的儿子啦？你还是赶紧回来吧！我上次没把话说完，其实老先生的儿子就是前些日子吵得沸沸扬扬的那个收购自己老爸公司的……”

“黎沂辰……”夏纾凌把最后三个字给说了出来，因为，此时此刻，出现在她身后的男人，就是他。

“啊？你知道啊？”王喜还有些小意外。

“现在知道了……”

夏纾凌挂掉电话，面对这半个多月都没见的冷酷脸，有些瘆得慌：“呃……哈哈哈，不好意思，走，走错了！”

夏纾凌想也没想就放弃了，这个男人的冷绝，她可不想再领教了。

她刚想逃，却突然被一只手抓住了衣领，怎么挣扎也无济于事。

“鬼鬼祟祟在别人家门口干什么？”黎沂辰的语气一如既往的冰冷。

“都说我走错了嘛！我……我是来找朋友的！我朋友……也住，住这个小区。”夏纾凌有些小心虚。

“既然来了，我倒是有事要问问你！”说完，黎沂辰把门打开，然后把夏纾凌像猫一样提了进去。

02.“登门拜访”

坐在沙发上的夏纾凌有些扭捏，回想起来，觉得自己的行为真是蠢到爆了，就说第一眼看到老先生的时候，为什么会有熟悉的感觉，现在一看到黎沂辰这张脸，便瞬间明白了。

“说吧，接近黎华盛什么目的？”黎沂辰也不废话，直接开门见山。

“黎……”夏纾凌有些没有反应过来，这人居然直接叫自己的爸爸的名字。“你别把每个人都想得那么坏，这世上，没人比你更坏了。”

正在这时，门突然开了，进来的是拿着大包小包的张秘书。

“哎哟，吓我一跳，夏……夏小姐你怎么在这里？”张秘书手一抖，东西瞬间散落了一地。

几张光盘砸在地上的声音又响又脆，夏纾凌不由得看了过去，这一看，不由得恶寒一身，光盘上的女人各种裸露风姿，再配上直白又让人脸红心跳的文字……

“看来我来得不是时候，你们，继续……呵呵，当我没，没来过！”夏纾凌搓了搓胳膊上的鸡皮疙瘩，起身准备离开这个氛围超奇怪的是非之地。

“站住！话没说清楚不准走！”黎沂辰三两步上前拽住了夏纾凌的胳膊，往地上一瞥，这才看清楚是什么东西。

“谁叫你买这些了？”黎沂辰也很难保持一贯的淡定，面露窘色。

“不是啊，最近我看总裁您总是怪怪的，想着您正值壮年，又是不婚主义者，不，不敢给您介绍女朋友，所以才去买了这些，觉得这些对您应该有用！”张秘书连忙捡起光盘藏在身后，“不知道夏小姐也在这里，真是有些不好意思了。”

黎沂辰头痛地扶了扶额，嘴巴嚅动了半天，就蹦出一句：“我上次就不该心软把你留下来！”

张秘书呵呵傻笑两声，转移话题：“时间不早了，我去准备晚餐，夏小姐也留在这里一起吃吧？”

“啊，不，不用了……”

“事情没说清楚前，不准走！”黎沂辰又重复了一句，语气坚决得毫无商量的余地。

“说清楚什么？对，我承认，我不是走错地方了，可我要是早知道那个不孝子就是你，我肯定不会来的！”

“不孝子？”黎沂辰皱了皱眉，可能是没料到她会说这个。

“可不就是说的你……”夏纾凌不满地小声嘀咕了一句。

一听到这些，在厨房里忙活的张秘书也不由得竖起了耳朵。关于老先生的问题，他其实也是比较关心的，上次带黎沂辰去那个医院，自然也不是意外。

就是差点被开除这件事，现在还让他有些心有余悸。

“你现在连我家事也要插手了吗？”黎沂辰不觉有些好笑。

“你还知道这是你家事啊？”夏纾凌没好气地冲他翻了个白眼，继续道，“老先生这个月已经晕倒三次了，作为儿子的你却不闻不问，还真是铁石心肠！老先生怎么会生出你这种不孝子……”

黎沂辰被激怒了，拽住夏纾凌的手不由得加了些力度：“我的事什么时候轮到你来管了？”

关于“亲情”这个话题，一直都是黎沂辰最反感忌讳的。

“所以，一看到你，我就不想管了啊！”夏纾凌试图撇开他的手，“你松开啦！弄疼我了！”

“你难道不是另有目的？想要利用这个来要回你的赔偿款？”黎沂辰撒开了手，可语气却还是那般咄咄逼人。

夏纾凌彻底无语了，揉了揉被捏疼的手腕，反驳道：“你觉得我斗得过你吗？害我和妹妹流离失所、每天睡在一个不见天日的仓库里，怎么？站在高处，看着我们这些蝼蚁苟且偷生，你很痛快是不是？”

夏纾凌用手指戳了戳黎沂辰的胸口，恶狠狠道："我告诉你，黎沂辰，人斗不过你，但是总有一天，天会收你的！走着瞧！"说完她便气呼地摔门而去了。

黎沂辰下意识地握紧了拳头，一直盯着紧闭的门，表情有些难以捉摸。

张秘书微微叹了口气，实在有些看不下去："总裁，其实，有些时候放低姿态，并没有那么难……"

这段时间，黎沂辰的行为虽然有些让人捉摸不透，但张秘书却好几次发现他在偷偷关注夏纾凌，而且员工猝死那件事，他还亲自派人以其他的名义给他们送了钱，最近还颁布了员工禁止加班的规定，一切的一切，都在证明这位冷血老板开始变得通人情了。

还有一次去上班的途中，他无意中看到从仓库出来的夏纾凌，虽只一瞬，但还是让张秘书给捕捉到了，那一丝丝的愧疚，还是这十年里，第一次看到呢！

出现这样惊奇的改变，张秘书很震惊，当然，也很欣慰。

黎沂辰被看穿心思，心里有些浮躁，起身回到了房间，却又忍不住拉开窗帘往楼下看。

一个瘦小的身影出现在视野里，她往楼上看了看，低下头的时候，好像还用手擦了擦眼泪，似乎很委屈的样子。

这个时间段，是最不好打车的，她来来回回焦急徘徊的样子，全都被黎沂辰看在了眼里。

她到底是个什么样的女人？明明聒噪又烦人，大大咧咧的，更没个女人样儿，可为什么在门口看到她时，心里竟会莫名地觉得高兴？好像空虚的内心一下子被填满了似的。

夏纾凌到仓库准备结账下车时，这才发现刚才因为走得急，把包包落在黎沂辰家了，身上的零钱虽刚好可以付车费，但是仓库的钥匙和手机都在包里，无奈之下，只好叫司机原路返回。

一想到回去还要看到那张脸，夏纾凌就浑身提不起劲儿，再加上回程路上堵车，累了一天的她，竟不知不觉地睡了过去。

等醒过来的时候，一看到车上的计价器，夏纾凌立马清醒了。

“师傅，你不会趁我睡着了，故意绕路吧？”

“小姐，你可不要冤枉我，你又不是不知道这个时间点是最堵车的。”

夏纾凌皱着眉一脸苦瓜样儿，为什么一碰到这黎沂辰，就没什么好事儿啊？

“那师傅你手机借我一下，我打个电话，让朋友……下来帮我付一下车费。”一说到“朋友”两个字，夏纾凌都觉得拗口。

因为只记得自己的电话，所以打过去也不确定黎沂辰会不会接，在响最后一声，夏纾凌都快放弃的时候，电话通了……

03. 停电风波

还以为这个冷血会见死不救，看到他下楼出现在自己面前时，夏纾凌还感觉没那么真实。

“我的包呢？”

“你自己的东西，我为什么要给你拿下来？”黎沂辰一副理所当然的表情。

夏纾凌忍了忍，决定懒得跟这个小气鬼计较，径直走到了前面。

“刚刚帮我付的车费，我一会儿会还给你的。我这人不喜欢欠别人东西，特别是你！”进电梯后，夏纾凌闷闷地说了一句。

“那当然要还！”黎沂辰双手抱胸，也是一点都不客气。

电梯徐徐上升，两人都不再说话，可就在这时，电梯猛地一震，然后停了下来，轿厢内瞬间黑了下来。

“怎么回事？”夏纾凌吓了一跳，连忙去摁电梯的按钮，可没一个管用，顿时有些欲哭无泪，“不是吧？高级住宅区电梯还会出问题？”

黎沂辰看起来倒是很镇定，拿出手机看了看，没信号，然后敲了敲电梯的轿门，大声喊道：“外面有人吗？能听到我说话吗？”

安静了五秒后，没有得到任何的回应。

夏纾凌忽然一屁股坐在地上，绝望地开始号啕大哭起来。

“天啦！怎么什么倒霉事儿都被我碰到了？是嫌我还不够惨吗？我不要死在这里，更不让跟这个冷血男死在一起！”

黎沂辰就没见过这么聒噪又蛮横的女人，在一旁不满地咕哝了一句：“能跟我死在一起，那是你的荣幸！”

夏纾凌的哭声戛然而止，眼泪汪汪地看着眼前的男人，竟又忍不住扑哧一下笑了起来。

“哎，你要是真死了，可就划不来了，赚那么多钱，却没命花了，这不是人世间最可悲的事吗？”说到这里，夏纾凌的情绪又变了，哭丧地喊，“可是老天爷，你为什么要搭上我啊？”又是一阵呜呜呜……

黎沂辰不禁有些啼笑皆非，这女人，一个人就可以演一出戏了，可是看她那梨花带雨的样子，心里却又莫名地有些不舒服，于是安慰道：“好了，别哭了，这电梯有紧急应急措施，很快就会有人来的。”

也不知道是不是安慰起了作用，夏纾凌不哭了，她抱膝缩在角落，手有一下没一下地擦着眼泪，刚才的大哭大喊，似乎是把最近受的委屈都发泄出来了。

这时，电梯里突然传来了声音。

“黎先生，不好意思，电梯的电力系统突然坏了，您不要着急，我们正在全力抢修，最快也要二十分钟，电梯采取了紧急制动，你们不要乱动，不会有危险的。”

“好！”

黎沂辰很是平淡地应了一个字，转而看向一旁安静下来的女人，眼里投射出一丝看不懂的情绪。

“那个……安置房那边还有空着的房子，你要是还没找到地方住，可以先搬过去……”

不知道沉默了多久，黎沂辰开了口，他眼神飘忽，不敢跟夏纾凌对视，明明是自己好不容易才开的恩，却又表现出不适合他的心虚。

夏纾凌以为是自己听错了，转过头一脸的不可思议，但一想到上次被骗的事，她便觉得有些寒心。

“算了吧！相信你才是有鬼！我已经不伤心了，所以也用不着用谎话来安慰我！”

黎沂辰有些尴尬得下不了台，想了想后，回道：“当然，不是没有条件，那个……张秘书要出差一个月，所以我的晚餐便成了问题，我吃过你煮的东西，还不算反感，而我又懒得再去找人，所以，这套房子就当给你的佣金吧！”

怕夏纾凌还是不信，黎沂辰又连忙补充道：“我们可以签署协议，我若违约，愿付巨额的赔偿！”

说完他被自己给吓了一跳，永远高高在上的他，什么时候妥协到这个地步了？还是面对一个女人？

夏纾凌这下子相信了，连忙从地上爬起来，忽闪着大眼睛问道：“你这算不算良心发现了？”

黎沂辰别过脸，冷冷地解释：“你们把这件事吵得沸沸扬扬，我怕再这样下去，会影响我们公司的股市！”还真是说谎都不需要眨眼睛的。

夏纾凌撇了撇嘴：“嗬，早知道这些，我就不用受那么多罪了！”

“啊！”

正在这时，电梯忽然猛地一个下坠，夏纾凌条件反射性地扑进了黎沂辰的怀里，而黎沂辰没被电梯下坠给吓到，反而被这个生扑过来的女人给吓到了，她的身体软软的，身形小只刚好可以搂在怀里，鼻息下面全是她头发的淡淡清香，这沉寂得如深潭般的心，竟第一次起了波澜。

而这时，电梯门开了，门口站着三四个满头大汗的维修人员，黎沂辰条件性地马上推开了怀里的女人，然后装作若无其事地拍了拍身上的灰。

“黎先生，还有这位小姐，你们没事吧？”

“下次如果还出现这样的问题，我会考虑换一家物业公司的！”黎沂辰一如既往的冰冷口气。

“不好意思黎先生，保证没有下次了！”

黎沂辰长腿一迈出了电梯，而惊魂未定的夏纾凌还愣在原地。

“还不走？想一直待在里面？”

夏纾凌这才反应过来，连忙跟了出来，不过这人变化也太让人捉摸不透了，居然跟电梯里的样子判若两人。

是有精神分裂症的吧？

拿到包包，夏纾凌准备离开的时候，忍不住转身跟黎沂辰确认道：“那个晚餐……你只有等我下班后过来做了！”

黎沂辰坐在沙发上，轻轻地应了个“嗯”。

得到肯定的答复，夏纾凌这才舒了口气。

“不过，我不想天天吃燕麦粥！”

“没问题！保证一个月都不重样！”

夏纾凌又蹦又跳地离开了。

黎沂辰拿起茶几上的书翻开，嘴角竟在无意中上扬了，这压抑了他半个多月的事终于解决，忽然一下便豁然了许多。

04. 心动的瞬间

今天难得休息，夏家姐妹叫上宋轶，风风火火地搬起了家。

“阿凌，你到底用了什么办法那个姓黎的才妥协的啊？”宋轶边帮忙搬东西边问，忽然想到什么不对劲的地方，连忙拉住夏纾凌，紧张道，

“他不是欺负你了吧？你没有答应他什么不要脸的要求吧？”

夏纾凌哭笑不得，拍了拍宋铁的肩头：“放心啦！只是答应晚上给他做晚餐而已。”

宋铁一听不对劲：“做晚餐？你为什么要给他做晚餐？这晚上孤男寡女的……你怎么能去他家呢？”

“哎哟，小铁，你想太多啦！那个男人虽然恶毒又冷血，但是不会对我怎么样的，况且只是做个晚餐，晚上我还是要回来住的啊。”

“我就觉得他目的不单纯，哪有帮人煮饭就答应送房子的？说不定是对你另有企图，不行，这个家，我们不能搬了。”宋铁说完，把送上车的东西又搬了下来。

“哎，小铁，不要这样啦！你看看，马上就到夏天了，我这一直住在仓库，又没空调又不能洗澡的，很不方便啦！”

“小铁哥，你要是不放心我姐，可以每天都去接送啊！”一旁的夏小悠附和了一句，还顺带使了个眼色，意思不言而喻。

宋铁想了想，也不知该如何反驳，煮个饭也就个把小时的时间，他可以一直守在楼下，如果阿凌真的遇到什么危险，他冲上去也来得及。

“那说好了，每天我都要去接送你，你要是察觉到一丝的不对劲，就赶紧联系我！”

夏纾凌附和：“好好好！有你在，他不敢怎么样的。”

呼……那个连片都不看的男人，能有什么危险性？啧啧啧……完全就是个清心寡欲的和尚。

因为还有后续的事宜，所以张秘书一直等在安置房那里。

看到张秘书的时候，夏纾凌还有些意外：“咦，张秘书，你不是出差了吗？”

“出差？”张秘书有些状况外，但瞬间又反应过来了，“啊，对，要出差的，不过总裁吩咐了，要先处理好夏小姐的事情。”

“哦！那还真是辛苦你了。”

夏纾凌是一点也没怀疑，她可能不会料到张秘书现在因为这突如其来的“假期”在暗爽吧……

房子很宽敞，里面已经装修好了。清新淡雅的二居室，特别适合两姐妹居住，之前还在担心有些家电坏了没办法第一时间补齐，现在看来，其实担心都是多余的。

夏纾凌肯定不知道，这是黎沂辰提前让人装修好的。

“哇，老姐，这房子看起来相当不错啊，采光很好，连装修风格都是我喜欢的。”夏小悠把自己直接扔到沙发上，高兴地东张西望。

夏纾凌也很满意，此时心里难免有万千感慨，而宋轶却趁夏纾凌不注意，把张秘书拉到了门外质问。

“你告诉我，那个姓黎的是不是对我家阿凌有企图？我们搬过来的时候，房子都是我们自己装修的，为什么她们一过来，就全都齐全了？”

张秘书没有宋轶高大，被这样逼问，一时也有些心慌，他往后退了小半步，一本正经地解释：“当初夏小姐家的安置费本来就要比你们高出许多，这样的配置，有什么意外的？”

宋轶半信半疑："真的？"

"我这里手续合同准备得很齐全，你要不要看一看？"

这样一说，宋轶便完全相信了，可是不知道为什么，老觉得心里不踏实，总感觉有东西要被人给抢走了一样。

晚上，夏纾凌和夏小悠去菜市买了很多的菜，决定在家庆祝一番，毕竟这是这几个月来，最值得高兴的事了。

"你说，早知今日何必当初呢？"已经有些微醺的夏纾凌长长地叹了口气，"你们都不知道，老宅被强拆后，我都没脸去见老爸老妈，而如今，能够有个遮风避雨的地方，我却已经很知足了。"夏纾凌苦笑。

"姐，都怪我啦！要不是因为我，老宅也不会被拆！害你吃了这么多的苦，我才是没脸见老爸老妈呢！"

"我还是觉得是我的错，你们不在，我却没能守住老宅，是我害你们流离失所的。"一旁的宋轶也开始自责起来。

"好啦！好啦！都不是你们的错啦！怪只怪我们的对手太强，斗不过……哈哈哈哈！来，继续喝！不管怎么样，起码现在是往好的方向发展了。"

"你们继续喝吧！我喝饮料都喝饱了，我房间里还有很多东西要收拾，就不陪你们了！"

夏小悠站起身，朝宋轶使了个眼色后，便回到了房间。

宋轶酒量也不行，才两瓶下去，整个脸都红得不像话了，不过夏小悠给他的暗示他还是能明白的。

酒壮熊人胆，宋铁直接拿起瓶子咕咚了几口，组织了一下语言后，说道："那个阿凌啊，你不应该一个人这么累的！"

夏纾凌苦笑："每个人的生活其实都不容易，总不能因为累就放弃活下去吧？"

"不是，我的意思是，你应该找一个人来跟你分担一些！"

"你不就在帮我分担吗？来,我再敬你一杯！"夏纾凌把酒递了过来。

宋铁把杯子接过来放在桌子上，然后一脸认真地说："阿凌，你知道我是什么意思，我不想再当你朋友，而是能一直陪伴你的……"

"咚咚咚！"

话还没说完，门突然被敲响了，躲在房间正在看热闹的夏小悠不由得噘起了嘴，有些不情愿地咕哝了一句："到底谁啊？关键的时候居然来捣乱！"

"宋铁！都什么时间了？还不回去？"

来的不是别人，正是宋铁的妈妈："人家两个女孩子，你一天到晚往这里跑，传出去，像什么话？"她手里拿了一袋水果，递到夏小悠跟前，"乔迁快乐！"

夏小悠一直挺忌惮宋妈妈的，接过水果，小声咕哝了一句："谢谢！"

"妈，你来做什么？"被打断表白，宋铁自然高兴不到哪里去，可是又怕她在这里闹，连忙起身来到门口，把自己妈妈往门外推，"那阿凌，你早点休息，我先回去了啊！"

夏纾凌笑了笑，挥手让他去。

宋铁黑着脸看着自己的妈妈，走的时候还不忘补充道："阿凌，明天早上我来接你去上班！”

“你先关心好你自己吧！”宋妈妈一巴掌呼在宋铁头上。

宋铁无可奈何地叫了声：“妈……”

夏小悠看了看手里的水果,又看了看夏纾凌,一副遗憾又无奈的表情。

夏纾凌站起身，开始收拾起餐具：“看什么？还不过来帮忙？”

“哦！”夏小悠把水果放下,连忙走了过来,在收拾的间隙,忍不住说,“姐，我觉得小铁哥是想跟你……”

“快点收拾！明天还要上班呢！”

夏纾凌明显不太想继续这个话题，这连夏小悠都能明白的事情，她又怎么会不知道呢？这么多年来，宋铁对她怎么样，她又不是感受不到，只是她却不能跟他跨越朋友间的关系，怕成为他的负担，更怕最后连朋友都没得做。

05. 爱情上上签

虽然夏纾凌一再推辞，宋铁还是坚持送她到了医院，在门口时，还刚好碰到了王喜。

“早上好啊，阿凌！”王喜笑着打了个招呼。

“早上好！”夏纾凌也热情地回应。

看宋铁一脸询问的表情，夏纾凌连忙介绍道：“啊，对了，这是跟我一起照顾老先生的同事，王喜。王喜，这是我……”

“我是她男朋友！”宋铁抢话。

“说什么呢！”夏纾凌用胳膊肘捅了一下宋铁。

说真的，这突然说出口的三个字，真是让夏纾凌一点心理准备都没有，一向含蓄的宋铁，怎么一晚上就变得这么直接了？

“别听他瞎说，我们是发小！”夏纾凌解释完，便拉着王喜朝里走了，回头时，还冲宋铁挥了挥拳头以示警告。

“看来你发小很喜欢你！”

“好啦，你跟着凑什么热闹？”

看着两人有说有笑地渐渐远去，宋铁委屈地撇了撇嘴，不过好在这么多年已经习惯了，不由得长长地叹了口气，他到底要什么时候才能追到喜欢的女孩子啊？

“去寺庙？”夏纾凌瞪圆了眼睛，“可老先生的身体……”

“老先生信佛，时不时会去寺庙烧香祈福。城南庙坐车也能上去的，老先生这两天身体状况还算稳定，而且会有随同的急救人员，所以不用担心！”管家大婶耐心地解释。

“那我去准备一下吧！”

“我们一起！”王喜说完，跟着夏纾凌进了病房。

“你不用太担心了，老先生经常去寺庙的，况且佛门是清修之地，其实对老先生的病情是有帮助的！”见夏纾凌还有些忧心忡忡，王喜在一旁安慰。

“听你这么一说，我倒是真不担心了，只是觉得围绕在老先生身边的，都是一群陌生人，他该有多孤单啊！”

“你这一说，我倒是好奇你去找黎沂辰时发生了什么？怎么样？他那天没把你赶出来吧？”

一提起这件事，夏纾凌就气不打一处来：“啊，对了，你知道他们父子间究竟有什么矛盾吗？”

王喜扁嘴摇了摇头：“不过我听说老夫人得了精神上的疾病，在一家康复医院里治疗，好像黎沂辰也没去看过她。”

夏纾凌轻轻“哦”了一声，这豪门恩怨，还真不是她这种市井小民能揣测的，也不知道究竟是什么深仇大恨，害得一家人这样分离。

经过一个小时的车程后，车子停在了城南庙前的广场处，一声声沉闷的钟声传来，一下子把氛围衬得肃穆了许多，夏纾凌以前也来这里为爸妈祈福过。

时间一晃这么多年，没想到今天会是陪别人来。

跟着老先生拜了一路后，老先生去见了寺里的方丈，王喜说是跟方丈讨论研读佛经去了，可能要一个多小时才能结束。

“你要不要去求个签什么的？”王喜问。

被问得有些突然，夏纾凌干笑了两声，回道：“我不太相信这个啦！”要是真的灵验，爸妈就不会离开她和小妹了吧？

“嘘！小心佛祖听见哦！”王喜做了个噤声的手势，然后侧身小声道，“生无信仰心，恒被他笑具！信仰是一个人心灵的产物，是美好希望的寄托，所以既然都来了，不妨试一试？”

夏纾凌一脸佩服：“读过书的人就是不一样啊！”

王喜不好意思地挠了挠头，拉着夏纾凌便走：“刚才我在前厅看到有求签筒，走，我们去看看！”

“嗯！”

到前厅后，发现来的人还真不少，本来没什么兴趣的夏纾凌忽然也好奇了起来。

“想好求什么签了吗？”王喜问，看夏纾凌一筹莫展的样子，又反问道，“事业？友情？家庭？还是爱情？”

爱情？夏纾凌卡在了这个词上，这个自己目前不敢奢望的东西，究竟会是什么样子的呢？

等了十来分钟后，终于轮到了夏纾凌他们。

看着签筒的那一刻，夏纾凌竟也莫名地紧张了起来，千万不要是烂桃花啊！她在心里默默祈祷着。

拿到签后，因为看不懂，所以夏纾凌来到了解签处，这里坐着一位看起来德高望重的大师，只不过一直都是背对着人，看起来格外神秘。

“问世间，情是何物，直教生死相许。天南地北双飞客，老翅几回寒暑，欢乐趣，离别苦，就中更有痴儿女。君应有语，渺万里层云，千山暮雪，只影向谁去？”

这位大师一开口便背了一首诗，在夏纾凌前面的那个女人，用一副崇拜到深信不疑的眼神看着这位大师。

“还请大师指点迷津！”

女人果断地从包里拿出几张百元大钞就往面前的红色箱子里塞，看得夏纾凌是瞠目结舌，这这这……真不是花钱请来的托吗？

“施主最近可说是爱神眷顾，春景已到眼前，要学会珍惜啊！”

女子得到这样的回答,立马喜笑颜开了,对着这位大师是又拜又谢的。

夏纾凌下意识地摸了摸自己的腰包，自知这些不靠谱，可刚一转身准备要走的时候，这位大师居然为她转身了？

“这位施主请留步！”

夏纾凌浑身一激灵，转身用手指了指自己。

大师笃定地点了点头，不是，这一对视后，夏纾凌突然发现眼前这人特别眼熟……

“大，大……”叔字还没说出口，被这位怎么看怎么像龙套演员的大师抢了话——

“可不就是大师嘛！”

夏纾凌不敢置信地张大了嘴，这个人跟记忆屋的那个大叔简直一模一样嘛！啊，除了没头发外。

难道换成大师的身份坑人了吗？

“我看这位女施主面善，不如免费帮你解上一签？”

“免费？”

“哎呀！这种事情哪会天天有？不要犹豫了！”说完，他从夏纾凌手中抽出了签纸，一本正经地看了起来。

“昨夜春潮带雨来，艨艟巨舰一毛轻。向来枉费推移力，此日中流自在行。哎呀，施主，你这可是上上签啊！”

“呵呵，是吗？”可我怎么觉得你说什么都像是在骗人呢？

“如果你单身，那么要把握任何可以交朋友的机会，可爱情呢，是需要一段时间来试炼彼此的心意，虽然发展的成效会慢些，但要有耐心和细心，时机一旦成熟，所有不顺晦气都将会一扫而光，好运自然就会来啦！”

“哦，说完了吗？”夏纾凌听得似懂非懂。

“施主一定要惜缘啊，特别是身边的异性朋友，千万不要错过这难求的姻缘啊……”

夏纾凌听得起了一身鸡皮疙瘩，正想求证那位大师是不是大叔的时候，王喜过来把她拉走了，说是老先生提前出来了……

第六章 彼此难以捉摸的心

01. 难以捉摸的男人

去黎沂辰家的路上，夏纾凌一直看着手里的签条，怎么想怎么觉得好笑，姑且不说那是不是大叔新的骗人伎俩，可是说什么惜缘，珍惜身边的异性朋友，这也实在是太扯了吧？难道是叫她不要拒绝宋轶的追求？

这会是难得的姻缘？

算了算了，怎么能相信那个骗子说的话呢？

“好了好了，以后都要你接送行了吧？今天实在是例外嘛，谁知道老先生要去城南庙的！”

因为没有提前跟宋轶打招呼，所以他一早就守在医院门口等着接她了，而夏纾凌则自己坐车到了黎沂辰的住处，所以在电话里解释了将近五分钟。

夏纾凌敲了敲门，发现黎沂辰还没有回来，因为知道密码，便自作主张地先进了屋，而等黎沂辰开门回来时，晚餐已经香喷喷地出锅了。

“主人都没回来，谁叫你先做的？”黎沂辰皱了皱眉，貌似对这样的行为有些不满意。

“不是啊，我是怕你太晚，一会儿我回去会赶不上末班车。”夏纾凌把饭菜摆放在桌上，解下了围裙解释。

“这里随时都能打车！”

夏纾凌无奈地叹了口气：“我哪能跟你们这种资产阶级比啊？打车费都够我在外面解决一顿晚餐了。”

“可这里离公交车站也不近！”黎沂辰有些不依不饶。

“所以啊，我才要争取时间！”夏纾凌不想再跟他理论，拿起包包准备走人，却再次被黎沂辰给叫住了。

“等我吃完再走！”

“你……这不是故意为难我吗？”夏纾凌有些不高兴了。

可黎沂辰哪里是那么好说话的人：“难道还要我自己洗碗不成？”

“不可以明天……”

“如果每个人都像你这样消极怠工，一个企业早就垮了，况且，我不喜欢我的屋子里有一点点的不顺眼。”

夏纾凌觉得在口头上永远也赢不了他，虽有不情愿，但毕竟现在他是老板，于是坐在了对面，趴在桌子上，嘟哝着嘴，表示抗议。

“下次晚餐准备两份！”

“嗯？”

“一顿晚餐我还是负担得起的。”

“那就谢谢老板了！”

夏纾凌撇撇嘴，本来觉得做一个月饭就换来一套房子，还在这里吃他的，心里多少有些过意不去（虽然这本来就是她应得的）。不过，说真的，这个男人好像在慢慢变好了，以前的他可是连杯咖啡都不会请别人喝的小气鬼呢。

晚餐做的是咖喱牛腩，然后配上两个小菜。黎沂辰貌似也不反感，安安静静地吃着。夏纾凌就这么直勾勾地看着他，起初是恨不得往他头上打个洞，然后把饭菜全都倒进去，可看着看着，思想便开始偏离轨道了。

不紧不慢的吞咽动作，纤长有力的手指像在指挥着乐队一样优雅地夹着菜，低垂的眉目，轻轻扇动的长睫，好看又棱角分别的脸部轮廓，天啦，把饭能吃得这么艺术的男人，估计也只有他了吧？

夏纾凌意识到不对后，连忙晃悠了一下脑袋，把视线转向别处，脸有些微微发红，真是奇怪，哪有看仇人会越看越顺眼的？

忽然间，夏纾凌像是想到了什么，从包里翻找出了一张光盘，递到黎沂辰的面前。

“这个是我今天在城南庙买的光盘，你晚上睡觉的时候可以听一听，应该对你的睡眠会有帮助的！”

黎沂辰抬起头，神色茫然又无感。他盯了眼桌上的光盘，刚想说不用了，夏纾凌又连忙补充道：“我只是顺便买的，而且十块钱一张也便宜，所以你不必感激我，对了，这不是什么感情牌，所以，要吐什么的我看还不至于……”

她是从哪里看出来他感激的神色的？算了，跟这个女人说话真心是累，还是安安静静地吃饭吧！

五分钟后，黎沂辰终于解决完了他的晚餐，夏纾凌高兴得像是庄稼丰收了一样，连忙起身去收拾，等一切整理好后，发现黎沂辰已经换好了鞋子，站在门口。

“你要出门啊？”

“送你回去！”黎沂辰机械般地吐出这几个字。

夏纾凌还以为是自己听错了，刚想说不用麻烦的时候，黎沂辰又补充了一句：“当然，只是顺路！”

“哦！”夏纾凌低低应了一声，脸有些微微发红，为刚才的那一丝自作多情。

一路上两人都没有说话，安置房离这里有将近二十分钟的车程，累了一天的夏纾凌，也在不知不觉间睡了过去。

而黎沂辰也是在停下车的时候才发觉，也不知道是出于羡慕还是其他什么，他竟有些不忍心叫醒她。

所以，到最后，夏纾凌是被自己给饿醒的。

“啊，不好意思啊，一不小心就睡着了。”夏纾凌伸了伸懒腰，擦了擦嘴角的口水，为自己的睡姿感到有些尴尬。

黎沂辰始终冷着一张脸，顿时让夏纾凌觉得自己是在浪费表情，透过车窗往外一看，发现都到自己家楼下了，便悻悻地下了车。而黎沂辰也干脆利落地把车掉了头，迅速消失在了街尾。看着远去的车，夏纾凌不由得咂了下嘴，觉得有些看不透这个男人。

不过也罢！看透他做什么？

“哎呀妈呀！吓死我了！你们干吗？”夏纾凌一转身，发现宋轶和夏小悠不知道什么时候站在了她的身后。

“那人就是黎沂辰吧？”宋轶还在呆呆地望着街角，有些委屈，“你不让我接送你，是因为他吗？”

夏纾凌一拳头砸在宋轶的胸口，笑道：“想什么呢？人家只是刚好顺路！”

“他是要去哪儿啊？路都顺到我们这里了？”夏小悠不合时宜地在一旁补了一枪，那花痴的小眼神还停留在黎沂辰离开时的路上，“为什么不下车呢？没近距离地看一下正脸，好可惜哦！”

夏纾凌一个栗暴敲在夏小悠的脑门儿上：“一看到帅哥就犯花痴，你什么时候能长些记性？快，上楼了，我都快饿死了！”

夏纾凌转身一看宋轶还呆在原地，走过去拍了拍他的肩头，安慰道：“好啦！小轶，明天开始，你来接送我可以了吧？说真的，我还真不放心坐那个人的车呢？”

宋轶撇撇嘴，问道：“真的？”

“那肯定的啊！毕竟我们俩才是好哥们儿嘛！”

宋轶的脸瞬间又黑了下来，咕哝道：“谁想做你的哥们儿啊！”

“咚……咚……咚，南无阿弥陀佛……”光盘里边敲着木鱼边念着经，黎沂辰起初还很淡定，躺在床上耐心地等着犯困，两分钟过去后，他腾地从床上爬起来，一把扯掉了电源。

可是，貌似已经来不及了，声源虽然没有了，可脑子里却复刻了下来，然后开始无限循环，一遍又一遍，像魔咒一样……

半小时后，黎沂辰崩溃了，他怎么能蠢到相信那个女人的话呢？他怎么能忘记，她跟他是什么关系呢？

后悔了，他就不该心软给她房子住，更不应该让她来给他做什么晚饭……

今晚又得睁眼到天亮了……

02.“小保姆”？

天气虽然开始越来越热，不过S市的早上还是挺风和日丽的，明媚的初阳，新鲜的空气，再加上医院里静谧又美好的环境，早上出来这么走走，心情也会跟着变得美好。

“老先生，看您早上吃得特别少，是早餐不合口味吗？”夏纾凌蹲下身子耐心地问。

“人老了，吃东西也不行了。”老先生笑得和蔼，看着眼前活力又青春的女孩儿，是真的不得不服老了，“听说你去找过我那儿子？”

被突然问及这个问题，夏纾凌有些不好意思地挠了挠头：“不好意思，没经过您的允许就擅作主张。”

“你也是好心，我怎么会怪你？只是我们父子之间，有太深的误会，他不来看我，我虽然遗憾，但也理解。”

夏纾凌自知别人的家事不好多问，只是笑笑说：“父子之间哪有隔夜仇的？我相信，总有一天，你们的误会会解开的！”

老先生笑着点了点头:“我要是有你这么贴心的女儿就好了！对了，一会儿我要去康复医院，你准备准备，跟我一起吧！”

“好的，老先生！”夏纾凌爽朗地应道。去康复医院的话……难道是要去看黎沂辰的妈妈吗？

到达康复医院，已经是一个小时后了。因为老夫人的情绪还算稳定，所以，老先生和她聊了很久。听老夫人的主治医生说，老夫人得的是PTSD，也就是创伤后应急障碍而引起的精神失常，正常的时候跟普通人没什么区别，但一旦发病，就会情绪失控，甚至会自残或伤害到别人。

说是老夫人，看上去却很年轻，就是脸色和精神状态不是很好。夏纾凌很是感慨，不知道在这样的一个家庭里，究竟发生过什么事情，明明都在人世，却又无法在一起。

在发呆发愣之际，夏纾凌忽然看到了一个熟悉的身影一闪而过，她有些好奇，便追了上去。

“原来你没想象中那么无情嘛。”夏纾凌跑到黎沂辰跟前，拦住他的去路。

黎沂辰有些尴尬，也不敢跟夏纾凌对视，只淡淡地回了一句：“我只是路过。”

夏纾凌呼哧一笑,知道这种人就是死要面子活受罪,也不去拆穿他了:“对了，今晚想吃什么啊？我好提前准备！”

黎沂辰没想到她会一下子转移话题，顿了几秒后，回道：“你下班后直接到超市门口等我。”说完便长腿一迈离开了。

夏纾凌双手背在身后，笑得爽朗，冲着他的背影喊道：“大老板，你的黑眼圈又重了……”

黎沂辰因为这句话险些绊倒，连忙加快了脚步——对，离这个女人越远越好！

下班后，夏纾凌按照约定到了超市门口。这次也是因为行程的原因，没能让宋轶接送，为此，宋轶已经很是不满了，所以一听说她一会儿要跟黎沂辰逛超市，便说什么也按捺不住，火速骑车赶过去。

可天不遂人愿，车子骑到半路竟然出了问题，焦头烂额的宋轶，却只能在原地等待朋友来帮忙。

“你自己注意安全啦！买个菜有什么担心的？超市那么多人，他能把我怎么样？”夏纾凌在电话里安慰着宋轶。

“阿凌，你不懂啦！我是怕你跟他接触久了，会产生化学反应。”

“化学反应？”夏纾凌不觉有些好笑，“什么化学反应？会爆炸？还是会氧化啊？”

“哎呀！你知道我说的是什么意思。”宋轶有些急了。

“好啦！你放心，我跟他是绝缘体，不会起任何反应的，你看看我跟你，都二十几年了，也没有什么反应嘛！”

宋轶一脸委屈：“他怎么能跟我比？我只是……”

“好啦！我先挂了，你自己注意安全。”

见黎沂辰过来，夏纾凌便挂了电话，而宋轶委屈地噘着嘴，除了打电话催自己的朋友快一点，不知道还能干什么。

超市现在的人很多，黎沂辰跟以前一样，依旧双手抱胸，遇到要买的，就用手指一下，一句多余的话都没有。

“哎，黎先生！真是难得，居然能在超市碰到你呢！”

说话的是一位大妈，是住在黎沂辰家对面的邻居。大妈比较自来熟，每次看到黎沂辰都会打招呼，黎沂辰虽然不喜欢这样的寒暄问候，但每次还是会点头回应，以示礼貌。

“呀！黎先生什么时候找了女朋友了呀？哎哟，两人看起来还蛮有夫妻相呢！”

黎沂辰远远低估了大妈的八卦能力，这话一出，真是让人尴尬至极。

“她只是……保姆！”黎沂辰轻描淡写地解释，解释完又发现自己的行为有些可笑，他干吗要跟别人解释这些？

“保姆？”

大妈跟夏纾凌都震惊了好吗？

“哎哟！不用不好意思啦！这么年轻漂亮的女孩子，你哪舍得让人家当保姆的哦？”

大妈这话说得对极了，夏纾凌听得心里舒服，是啊，像她这种貌美如花的，给他当保姆，真是可惜了。

“她……做饭好吃！”

被这么一说，黎沂辰也有些尴尬了，糟糕，又不是什么亏心事，干吗一而再再而三地解释这些？

“那就更难得了呀！现在大多数的女孩子连饭都不会做的，黎先生，你要学会珍惜啦！”大妈笑着拍了拍黎沂辰的手臂，又再看了一眼夏纾凌，这才满意地离开了。

黎沂辰有些汗颜，他这辈子会不会就栽在这些大妈的手上了？

“谢谢大老板您赏识我的厨艺！今晚要吃什么，怎么吃，请提前告知小保姆哦！”夏纾凌阴阳怪气地说完后，便推着车往前走了。

心里面也说不清这是个什么感觉，总之有点不舒服，不过也罢，她跟他还能有什么关系？

哎……这一个多月的保姆日子，真是相当漫长啊……

再怎么不懂察言观色的黎沂辰，也感觉到夏纾凌的小情绪了。从超市回来后，她不仅没有一句话，做饭的时候还故意弄得叮当作响，看起来一副怨气十足的样子。

特别是在上菜的时候，碗筷“啪”的一声放在他面前，黎沂辰看了眼对面埋头吃饭始终不抬头看他的女人，有些捉摸不透了，他是说错什么？做错什么了吗？

“你这样带着情绪工作，是会影响我的食欲的！”

“没有啊？我哪有什么情绪了？”

夏纾凌也奇怪自己的行为，她是在在意什么？在意这种不平等雇佣关系？自己也有些说不上来。

“明明就有！”黎沂辰的声音不由得低了几度，似乎有些小委屈。

夏纾凌哪里看到过这样子的黎沂辰？瞬间觉得自己有些无理取闹了，连忙安慰道：“好啦！对不起了！我不该把情绪带到工作上，影响到你的食欲。”

为了转移话题，夏纾凌眼珠子一转，问道：“哎，对了，昨晚你放了我给你的那个光盘吗？怎么样？有没有……”

黎沂辰啪地放下了筷子，这下子轮到他有小情绪了，不提这事还好，一提他脑瓜仁都是痛的，那好不容易已经忘得差不多的魔咒，又开始循环了起来……

夏纾凌一看踩到了地雷，呵呵傻笑两声，埋头乖乖吃饭了……

难道他那黑眼圈就是那张光盘闹的？

03. 感冒了

刚刚收拾完，夏纾凌的电话便响了起来，一接才知道，是宋轶到了楼下。

“这家伙，也真够固执的！”夏纾凌嘀咕了一声后，跟黎沂辰打了声招呼后，便准备离开。

“今天我刚好到那边有事，可以顺路送你回去！”黎沂辰淡淡地说。

“啊，不用了，我有朋友来接我了，谢谢你了，大老板！”夏纾凌爽朗地回绝。

她一定不知道，黎沂辰在被拒绝的那一刻是什么样的表情。

看着楼下有说有笑的两人，黎沂辰心里有种说不上来的感觉，而这样子的感觉，以前从没有过。

离开不到十分钟后，窗外忽然下起了大雨，看着豆大的雨点一颗颗地砸下来，黎沂辰忽然讽刺一笑，主动要求送你你还不识趣，这下子好了，铁定淋成落汤鸡。

这就是什么样的选择决定什么样的命运。

事实上，也正如黎沂辰所料，宋铁和夏纾凌被这大雨浇了个透心凉，宋铁建议在哪儿先躲躲雨再回去，可夏纾凌想，反正都湿了，等也不知道要等到什么时候，也没多远的路了，两人便冒着雨回了家。

第二天，宋铁一早就等在了楼下，他身体好百毒不侵，可夏纾凌不行了，昨天淋了雨，今天就已经开始不停地咳嗽。

“我还是送你去医院看看吧！”宋铁心疼道，“都怪我，要不是我坚持要送你，你也不会感冒了。”

“你也是好心。放心吧！一点小感冒，过几天就好了！”说完，夏纾凌忍不住又是一通咳，她从包里拿出口罩戴上，“还好今天只是去听课培训，不然感冒了还真不敢去照顾老先生。”

“要不培训也别去了，在家休息几天？”宋铁始终有些不放心。

“好啦，小铁，快走吧！再不走，真要迟到了。不要小题大做了哈！”夏纾凌说完便上了后车座。

宋铁实在拗不过她，叹了口气后，发动了车子。

今天的培训讲座，是医院针对各种特殊病情而召开的，几家分院的医生和护士都来参加了，本来夏纾凌今天是休息日的，但为了能学到更多有用的护理知识，于是在王喜的帮助下，拿到了入场券，当然，王喜今天也来了。

脱掉平时的护理装，今天的王喜穿着很是休闲阳光，像是朝气蓬勃的大学生。

“既然都感冒了，那就应该在家好好休息的，至于讲课内容，你可以看我的笔记啊。”王喜一脸担忧。

“忙碌习惯了，突然叫我在家休息，我反而不习惯呢！不能因为一点小感冒而错过有意义的事情啊！”

王喜无奈地摇了摇头：“那你在这里等我一下，我去给你倒杯热水。”

夏纾凌还来不及谢绝，王喜便起身离开了，她感觉自己真是快要幸福到爆炸了，有朋友的感觉还真是好啊……

“阿嚏！”黎沂辰忽然冷不丁地打了个喷嚏，一旁的张秘书吓得差点掉了手里的文件。

“这是城北的开发项目，虽然已经启动了两个多月，但目前，情况貌似有些不乐观。”张秘书满脸凝重，都顾不上对总裁嘘寒问暖了。

“接手华盛后，人事部来了一次彻底的大换血，可问题也出来了，新上任的各部门经理，明显跟不上工程的进度，而且最近政府好像要出什么政策，对我们现在的开发很是不利。”

听到这么说，黎沂辰也陷入了苦思，自从接管了华盛集团后，各种问题不断，而目前身边又没有个得力助手，翼博的项目最近也出了些问题，还真是让人有些焦头烂额。

“先把翼博的项目暂停，然后就城北的开发案，进行一个专题的会议，我给你二十分钟的准备时间。”

“好的，总裁！”

黎沂辰回到家的时候，已经挺晚的了，门口放着夏纾凌的鞋，客厅却没有亮灯，走过去一看，才发现夏纾凌在沙发上睡着了。

可能是听到了一些动静，夏纾凌缓缓地睁开了眼睛，一看是黎沂辰回来了，便从沙发上爬了起来，揉了揉眼睛。

“你说过要等你回来再煮饭的，所以我先进来等你了。”夏纾凌看了看窗外，天已经黑透了，“今天加班吗？回来这么晚？”

这问话的口气，就像是一个小媳妇在埋怨回家晚了的丈夫。夏纾凌自知问不出什么，想起身的时候，却因为睡得有些昏昏沉沉，重心有些不稳，快摔倒的时候，被黎沂辰下意识地给扶住了。

“谢谢啊，今晚你要吃什么啊？”也不知道是不是因为感冒，夏纾凌的语气听起来有些虚弱。

“随便吧！”黎沂辰松开了手，然后转身把灯打开，翻出文件和笔记本，继续未完的工作，直到听到“扑通”一声，他才抬起了头。

夏纾凌在厨房晕倒了，伴随着落地的还有餐具，玻璃碗的碎片还直接扎到了她的手，血流了出来。

“夏纾凌？”黎沂辰以为是她的恶作剧，于是试探性地叫了一声，见没反应，这才起身去查看情况。

“喂？你怎么了？”

黎沂辰用脚踢了踢夏纾凌的手，见她还是没反应，便蹲下了身子，仔细这么一看，才发现她脸色苍白，想要伸手探探她的额头，却犹豫了好几次才缓缓靠近。

发烧了？

不会是昨天淋雨给淋的吧？

“还真会挑时间晕倒！”

黎沂辰摆了好几个姿势，才找到合适的，夏纾凌发着烧，整个身体热乎乎的，他感觉像是抱了个火球，自己也开始热了起来。

把夏纾凌放到沙发上后，黎沂辰决定打急救电话，把她直接丢给医院，可这时，张秘书却不合时宜地打了电话过来。

“总裁，您要的资料我已经发到您邮箱了，还有那个……”

“夏纾凌发烧晕倒了……”黎沂辰脱口而出。

“啊？”张秘书明显有些没有反应过来。

“我是不是该打急救电话？”

张秘书愣了两秒后，答道：“那个总裁，发烧是用不着打急救电话的，只要吃点退烧药，然后做一些退烧处理就行了……”

“怎么做？”黎沂辰也吃惊他问出的不是谁来做，而是怎么做。

“等会儿我会发到您的手机。对了，总裁，人家是女孩子，您还是温柔一点。”

说完，张秘书火速挂断了电话，想着他那冷酷无情的总裁，也会有照顾别人时的场景，真是应了那句话——活得久了，还真是什么都能看到啊！

收到短信后，黎沂辰下楼去买了退烧药，回到家的时候，沙发上突然没人了，找了一圈后，黎沂辰在床上发现了裹成一团的小人儿。

“好冷！”夏纾凌紧紧地裹着被子，可身体却还是不住地瑟瑟发抖。

黎沂辰虽然反感被人侵占了私人领域，但现在也不是跟一个病人计较的时候。

他无奈地叹了口气后，去柜子里又拿了一床被子给夏纾凌盖上。

从没照顾过人的黎沂辰，难免有些笨手笨脚，夏纾凌吃完退烧药后，便乖乖地睡过去了。

而黎沂辰此时却在按照张秘书发过来的方法，在熬粥。

等粥熬好，黎沂辰端着去了房间，在经过镜子的时候，他愣住了，镜子中的他，围着围裙，手里端着个碗，还一脸忧心的模样，实在是太过于陌生。

可看到在床上安安静静躺着的女人时，这样的感觉却又没想象中那么讨厌。

烧还没退，靠在黎沂辰的胸口时，还是会感到热乎乎的，也不知道这女人的身体是不是水做的，又软又糯，不稍微搭点力，感觉都要从怀里溜走了。

刚喂了两口粥，外面响起了手机铃声。黎沂辰没有理会，耐心地喂完最后一口，其间夏纾凌不配合，黎沂辰居然下意识地说了一个“乖”字，脸上的温柔自己都浑然不知。

“叮咚叮咚！”

电话不响了，却又响起了门铃声，黎沂辰把夏纾凌小心地放回床上后，起身去开了门。

“阿凌呢？”

门刚开一条缝儿，宋轶便冲了进来，紧张地四处找寻夏纾凌的身影。

黎沂辰自然知道他是谁，当初在楼下举牌抗议的人中有他的影子，而昨天来接夏纾凌的也是他。

找了一圈没看到夏纾凌，宋轶直接上前揪住黎沂辰的衣领，质问道：“你把阿凌藏哪儿了？”

电话一直不接，宋轶就知道，夏纾凌肯定是出事了。

黎沂辰伸手往自己的房间指了指，宋轶顿时血冲于顶，用手指了指黎沂辰后，冲进去查看情况。叫了半天名字貌似没有回应，宋轶出来的时候，把夏纾凌也给抱了出来。

“这次我没时间跟你计较，人我带走了，还有，以后阿凌不会来给你煮饭了！”

“你是谁？有权替她做决定吗？”黎沂辰冷冰冰地质问。

“我是她男朋友！所以我不会允许她跟一个男人独处的。”

男朋友吗？黎沂辰一听到这三个字，眼里的神采明显黯了几分：“她烧还没退，你这样抱她出去，只怕会加重病情！”

“用不着你管！”此时的宋轶哪里会肯听劝？“别以为我不知道，你想趁阿凌虚弱的时候做些什么，我告诉你，黎沂辰，只要有我宋轶在，你想都不要想！”

黎沂辰冷嗤一笑，这可能就是传说中的狗咬吕洞宾了吧？也罢！她是死是活，跟他有什么关系？于是让出了一条道，说了句：“请便！”

你们爱怎么折腾就怎么折腾，莫名为人担心还屈尊照顾人这件事，他黎沂辰，只做一次。

因为不知道夏纾凌发烧了，所以宋轶还是骑着摩托来的，可现在他也顾不了那么多，把车甩在小区里，然后去街边打了车。

夏纾凌经过这一番折腾，开始有些迷迷糊糊了，她半睁着眼，把宋轶看成了黎沂辰，嘴里嘀咕：“黎沂辰，你其实没有看上去那么冷血，对不对？”

宋轶一听这话，一颗心瞬间凉了大半截，可怎么办？除了无奈和心痛，他还能做些什么吗？

04. 大 Boss 有危机了

夏纾凌醒过来的时候，夏小悠半个人都压在她身上，只觉得整个人酸软无力。

“姐，你醒啦？”夏小悠嘟囔了一句。

“干吗不去自己的房间睡？”夏纾凌揉了揉酸疼的肩膀埋怨道。

“你不是发烧了嘛！我照顾你来着，后来太困了，就索性睡你旁边了。”夏小悠从床上爬起来，伸出手摸了摸夏纾凌的额头，松了口气，“还好退烧了……”

被夏小悠照顾的心情，有些奇妙，小的时候，只要她生病，她都会抢着要照顾她，虽然做得毛毛躁躁，但夏纾凌心里却异常温暖，一转眼，小妹也长大了，貌似真的可以依靠了呢！

“辛苦你啦！”夏纾凌捏了捏夏小悠的脸，忽然想到什么，“昨天，谁送我回来的？”

“你希望是谁送你回来啊？”夏小悠一副不正经的口气反问。

夏纾凌白了夏小悠一眼，昨晚的事情，她虽记得不是特别清楚，但是靠在一个坚实温暖的胸膛，这种感受却是那般真切。

“是小铁哥啦！昨天看你那要死不活的样儿，真把我吓坏了。”

“小轶吗？”

夏纾凌似乎有些意外，还有些小小的失落，难道那个温暖的胸膛，是宋轶的？

“要不是昨天宋阿姨一直吵着要小轶回去，说不定他都睡在我们这里了，他可是真担心你！要我说，老姐，小轶哥真挺不错的，你真不考虑让他当你男朋友啊？”

“就是因为他不错，所以才不能拖累别人……你还小，你不懂！”夏纾凌说完便进浴室洗漱了。

夏小悠则扁扁嘴，也不再多话，躺在床上，开始百无聊赖地玩着手机。无意间点开了一条新闻，她没怎么关注时事新闻，可定睛一看，好像是不得了的消息。

“姐，老姐！你快看！”夏小悠连拖鞋都来不及穿，便冲进了浴室，“这新闻上说的，是不是我们老宅那边的事？”

夏纾凌接过手机一看，最后喃喃地吐出三个字：“停工了？”

夏小悠忽然哈哈大笑了起来：“我就说，坏人会得到应有的报应吧？费尽心机地拆我们的老宅，结果最后还不是开不了工？你看看这……个，十、百……记者说估计损失上亿呢！”

没错，这个新闻对她们来说，的确是大快人心的事，可是不知道为什么，夏纾凌却有些笑不出来，不仅如此，心里面还隐隐开始担心起某人来。

“哎，姐，你说我们是不是应该把小铁他们叫上，一起庆祝一下啊？”夏小悠说完看夏纾凌表情不对，“姐，你怎么了？”

“啊，没，没什么，是该庆祝庆祝！”夏纾凌转过脸，连刷牙都变得有些漫不经心了。

“那我马上给小铁哥打电话，他一定也会非常开心的！”

……

晚上，夏纾凌和夏小悠、宋铁，还有一些曾经帮忙的朋友，聚在大排档里庆祝，所有人都吃喝得很开心，只有夏纾凌，总有些心不在焉的，她时不时翻看自己的手机，想着要不要打一个电话或者发一条短信，可想来想去，却觉得自己的立场有些可笑。

当然，她所有的不自在，都被宋铁看到了眼里。

“那个，阿凌，你感冒刚好，酒就不要喝了，换成饮料吧！”

宋铁拿起夏纾凌面前的酒杯，仰头就是一饮而尽，那感觉，颇有些赌气的成分。

“哟！宋铁，大家都是朋友，怎么不见你维护一下我们啊？”一旁的朋友起了哄。

“就是啊！这么值得高兴的事，喝饮料怎么能尽兴呢？”

“都给我闭嘴啊！不服我们来单挑！”

宋铁举起瓶子，一下子整个场子闹腾了起来。

夏纾凌自知自己的状态不对，也怕影响了大家的兴致，索性把其他杂念都抛到了脑后，她也跟着拿起瓶子，附和道：“对，喝饮料哪能尽兴？今天我们不醉不归！”

她这一喊，一呼百应，全都拿起瓶子喝了起来，闹闹腾腾的，竟也没有那么多的烦恼了……

对啊，曾经一直希望他能受到天的惩罚，各种恶毒难听的话，都恨不得用在他的身上，如今，应了报应，她应该感到高兴才对，她就该站在他的面前，然后用手指着他的鼻子，哈哈大笑道：“你看吧！这就是恶有恶报！你这是活该啊！”

酒过三巡，各自散场，夏纾凌虽喝了不少，却有种越喝越清醒的错觉。她掏出手机，最终还是给黎沂辰打了过去，本想趁着酒劲幸灾乐祸地嘲笑他一番，却在听到他那声沉闷而又疲惫的“喂”时，瞬间缴械投降。

“你，吃过晚饭了吗？”

夏纾凌想，如果他当时回答没有，她估计爬也要爬过去，然后为他准备一顿丰富的晚餐。

第七章 大Boss精神分裂了

01. 误会

这几天，夏纾凌上班都上得有些心不在焉，甚至在接开水的时候险些烫到自己，这样的情况王喜已经看到好几次了，不由得关心道："阿凌，我觉得你应该请假休息几天。"

夏纾凌回过神，不好意思地笑了笑："对不起，我会注意的！"

王喜微微一笑："我没有怪你的意思啦，但是你要知道，护理工作本就是细心的活儿，如果老是心不在焉的话，不仅伤害到自己，也有可能会伤害到被我们照顾的病人。"

被王喜这么一说，夏纾凌更是惭愧了，连忙道歉，抬眼的瞬间，却忽然看到了黎沂辰的影子一闪而过，来不及打招呼，便不自觉地快步跟了过去。

经过一个长长的走廊后，夏纾凌看见黎沂辰推开一扇门走了进去，走过去一看，居然是心理专家门诊。

难道是最近心理压力过大来找医生缓解和疏导？

夏纾凌趴在门上，试图听一下里面的动静。

“我很高兴你的变化，至少在目前看来，是一个好的趋势。”

“可是我并不喜欢现在的自己，有的时候，会变得优柔寡断，而且在遇到某些人时，很难把控自己的情绪，甚至都不知道自己在做些什么。”

虽然隐隐听到里面的对话声，但由于隔得远，有些字听得不是很真切，转而一想，觉得自己现在的行为有些可笑，便打算放弃，转过身的时候，却被背后出现的人给吓了一跳。

“夏小姐，这是在干什么？”张秘书挑眉问道。

“啊！张秘书，你……你出差回来啦？”夏纾凌不好意思地抓了抓后脑勺，有些做贼心虚的语气。

“啊，对，公司现在面临这么大的问题，我自然是要回来帮忙的。”

虽然躲过了做晚餐，可最近这些日子却也没怎么轻松过啊！张秘书感慨着。

一谈起公司的问题，夏纾凌扭捏纠结了半天，呵呵道：“那个，大老板那么厉害，我相信他一定可以解决的！”

张秘书耸了耸肩：“不好说啊，毕竟大部分的资金都投到这个项目上了，想要解决，就需要更大的一笔资金，总裁最近东奔西走到处找融资，过程并不是很顺利啊！”

夏纾凌低“哦”了一声。在这方面，她也确实是一点忙都帮不上。黎沂辰为人那么冷绝武断，要想找人融资，估计是真的有些困难。

看着夏纾凌有些着急的模样，张秘书便起了开玩笑的念头，于是故意反问："从某种层面来讲，夏小姐可是这次开发案的受害者，现在项目出了问题，你应该感到高兴，不是吗？"

被这样直白地问，夏纾凌多少有些慌乱，干笑了两声，附和道："对啊，我当然很高兴了！谁叫你们当初不择手段的掀我家老宅？这就是人在做，天在看！呵呵……"

夏纾凌刚一说完，黎沂辰便从里面走了出来，而且不偏不倚，刚好听到这样的对话。

他冷冰冰地扫了一眼夏纾凌后，冷嗤了一声，便往前走了。

夏纾凌想要解释什么，可话到嘴边，意思又变了："那个，我以后还要给你做晚饭吗？我这个人，不太喜欢欠别人人情。"话一出口，她都恨不得扇自己两个巴掌。

"不用了！你男朋友说了，他不会愿意让你跟其他男人独处的！"

男朋友？难道是宋轶？

"他不是我男朋友！"夏纾凌也不知道，这么慌忙地解释干什么。

"不重要！"黎沂辰丢下这三个字后，便头也不回地走了。

张秘书自知祸从他口出，也不敢再多说什么，跟夏纾凌点头告别后，跟着离开了。

看着黎沂辰渐渐远去的背影，夏纾凌是又泄气又懊恼，今天，肯定是忘记带脑子出门了。

"有时候误会其实是感情升温必不可少的因素之一。"

忽然，身后传来了一个男人的声音。夏纾凌吓得双肩一抖，转过身一看，瞳孔不由得慢慢放大……

“你不是大……大……”

“你好，小姑娘！我是国内目前数一数二的心理学家哦！也是刚才那位先生的主治心理医师！”

夏纾凌张大了嘴，半天都说不出一个字。如果上次在城南庙碰到的是剃了光头的大叔，那眼前这位，分明就是剃了胡子的大叔嘛！这世界上怎么会有这么相像的人？还是说，忽悠的等级开始提高了？

“你有没有……什么同胞的哥哥，或者是弟弟？”

“我妈就生了我一个啊？怎么，我看起来很面熟吗？”

夏纾凌捣蒜式地点点头。

“也难怪啦！像我这么帅的一张脸，难免会让人觉得面熟，这不是最常见的搭讪技巧吗？”

夏纾凌呼哧一声冷笑，这么自恋的口气，还真是跟寺庙里那个大师如出一辙。夏纾凌咂吧咂吧下嘴，觉得这种人还是少接触的好。

“小姑娘，多看看《孙子兵法》，学学人家的欲擒故纵，不管是什么，自然是手到擒来咯！”

这是夏纾凌离开前，听到的最后一句话。呵呵，真是好笑，明明说是什么心理学专家，却竟说一些神神叨叨的话，还欲擒故纵呢！我又不打仗，干吗要看什么《孙子兵法》？

回到老先生病房时，王喜正在收拾东西，一看夏纾凌回来了，连忙说道：“阿凌，老先生说要回公司处理一些事务，身边也不好带太多人，所以，你可以趁此机会，多休息两天。”

“回公司？”

“对啊，华盛虽然被翼博收购，但依旧有老先生的股份啊，最近出了这么大的事情，老先生也不可能坐视不管。”

“可是，老先生的身体……”

“我也劝过好几次了，可是没用！我只希望问题可以尽快得到解决，其他的，我实在是有些爱莫能助！毕竟，我对于老先生来说，只是个护工而已。”

虽然不知道黎沂辰跟他爸爸究竟有什么矛盾，但是这两人一旦见面，不知道又会起什么冲突，一方面，担心老先生的身体受不住，另一方面，也担心他们之间的矛盾更加激化。

可是正如王喜所说，她对于老先生来说，不过只是一名护工，而对于黎沂辰，现在，连保姆也算不上了吧？

所以，除了爱莫能助外，她能怎么样？

02. 刘工的报复

S市已进入炎热的夏季，但好在早上却不会太热，一个中年男子似乎是一夜未眠，手里拿着酒瓶，一身邋里邋遢的，胡子头发也都乱糟糟的，走路一偏一倒，醉醺醺的样子看起来颓废又疲惫。

他来到了一处工地，此时工地还没开工，静悄悄的，他抬头看了看还未完工的大楼，惨然一笑，拿起酒瓶又咕咚了喝了一口，然后在没有安全设施的情况下，摇摇晃晃地上了楼……

……

“姐，你真的不要我陪你去？”出门前，夏小悠站在门口问道。

“不用了，你好好上班，我估计爸妈现在也不太想看到你。”

“姐……”夏小悠撇了撇嘴，有些委屈又有些自责。今天是父母的忌日，而老宅是因为她的贪玩才没的，她其实也还没做好去见他们的准备。

“好了，也没有怪你的意思，我们现在也挺好的，改天有空了，我们再一起去！”夏纾凌拍了拍夏小悠的肩膀后转身出门了，为了不麻烦宋轶，她还故意错开了时间。

“爸、妈，很久没来看你们了，女儿不孝，不仅守护不了老宅，连小妹也照顾不好，不过，现在我们两姐妹挺好的……”

站在墓地前的夏纾凌很是委屈惆怅，委屈的是父母亲这么早就撇下她们姐妹俩，惆怅的是现在茫然无措的自己，沉默了一会儿后，一股子情绪忽然宣泄而出:“对不起啦！老爸老妈，虽然那个人拆了我们的老宅，可是我好像却对他有些动心了……”

自己目前的心意无法对身边的人说，所以只好来说给父母听，夏纾凌不由得长叹一口气，现在的她，真的好希望有个人来告诉她，之后的路到底要怎么走？

看完父母后，因为离老宅比较近，夏纾凌便想过去看看，不过一段时间没见，竟已经物是人非，不由得让人有些伤感，绕了很久，才找到老宅的位置。

老宅被拆得只剩下一些砖块和木头，回想起它以前的辉煌和温暖，夏纾凌不由得有些鼻酸。

“对，我怎么能喜欢拆了我老宅的坏男人呢？”

夏纾凌坐在废墟上，开始回想以前在这里的时光，一会儿笑又一会儿哭的，那从不让人看见的脆弱一面，也只有一个人的时候可以尽情地发泄了。

发泄完后，夏纾凌并没有觉得好多少，便决定到附近走走，工程现在停工了，所以现在人不是很多。

夏纾凌一边看着一边回想着它们原来的面貌，而正在这时，不远处来了一群人，都戴着头盔，貌似是在视察工作，再仔细一看，领头的那个，不就是几日未见、刚刚还想永不再见的男人——黎沂辰吗？

怕这样的碰面会尴尬，夏纾凌连忙躲在了墙后，没一会儿，他们说话的声音就慢慢逼近了，她很想要跑的，可是身体却又有些不听使唤地定在原地。

就再看一眼，最后一眼，然后就断了心思，再也不见。

夏纾凌的心噗噗直跳，又紧张又有些瞧不起自己。深吸一口气后，她慢慢地从墙后面探出头，这不看不要紧，一看就是要出大事的节奏啊！

就在不远处的高楼上，有个人露出了半截身体，而手里拿着一块砖，似乎是在等黎沂辰的靠近。夏纾凌的心一下子便跳到了嗓子眼，来不及多想，直接冲了出去：“黎沂辰！小心！”

黎沂辰听到喊声，条件反射性地往楼上看去，说时迟那时快，就在夏纾凌冲过来的那一刻，他一把将她拉入了怀里，紧紧地抱住她的头……

“嘭”的一声巨响后，世界仿佛都安静了。

夏纾凌从黎沂辰的怀里仰起头，也不知道是不是产生了幻觉，黎沂辰的脸上竟挂着淡淡的笑容，虽然在笑，但眼里却是掩不住的担忧。

“傻瓜，你冲过来干什么？”他淡淡地问。

“我……怕你受伤！”

“我是不是说过，我这人不需要亲情、友情和爱情吗？你这算什么？”

她当然记得他说过这句话，而且张秘书也说过，千万不要对他打感情牌，他会恶心到吐，可是，她也无法解释和控制自己的行为，那一刻，她只希望，他不要受伤。

“我……”

话还没说完，一滴滚烫黏糊的液体便滴在了夏纾凌的脸上，而且越滴越多，夏纾凌捂住嘴怕自己失声叫出来……

明明抱着自己的双臂那么有力，明明说话时表情还那么镇定，却又在毫无心理准备的那一刻，整个人都朝她靠了过来，然后便感觉热乎乎的液体慢慢地浸湿自己的衣服。

那一刻，夏纾凌吓坏了，除了控制不住地流眼泪和颤抖，她甚至都叫不出黎沂辰的名字……

黎沂辰被送到了医院抢救，而扔砖头的那个男人也被警察带走了。

原来，那人就是黎沂辰当初开除掉的项目负责人刘工，因为失去了工作，老婆跟他离了婚，还带走了唯一的儿子，所以颓废到每天靠喝酒来麻醉自己，刚巧又在工地上碰到黎沂辰，所以一时之间，报复心起，便酿成了大祸。

经过将近一个多小时的抢救，黎沂辰终于脱离了生命危险，好在当初戴了头盔，不然这一砸，铁定是凶多吉少了。

黎沂辰出事后，老先生赶到了医院，看着自己的儿子躺在床上一动不动，表情很是凝重，而除去老先生，会过来探望的人，就只有张秘书了……

“夏小姐，你怎么会在工地上？”张秘书问。

“我就是想去看看老宅……”夏纾凌始终低垂着头，声音有些有气无力，身上的血迹已经慢慢干涸，虽然不是自己的血，可她的心却痛得快无法呼吸了。

“哦，你没受伤就好！”张秘书叹了一口气，“这几天总裁忙得焦头烂额，一直都没怎么休息，还好不是特别严重，也算趁此机会好好休息一下了。”

张秘书嘀嘀咕咕地说了些什么，夏纾凌其实一句也没听进去，她现在满脑子想的都是刚才那惊险的一幕，黎沂辰紧紧地护着她的场景，像是生怕她受伤一样，想着想着，她突然捂着脸抽泣起来。

“都怪我……要不是我冲过去，他是有机会躲开的，是我害他被砖头砸到的……”

张秘书一看夏纾凌哭得如此泣不成声，不由得也有些慌了，连忙从身上搜出纸巾递过去，蹲下身安慰道：“夏小姐，你知道吗？总裁之所以会做出那样的举动，全都是因为当时冲过去的人是你啊……”

03. 他们的故事

“咣咣咣……”

本来不怎么繁华的街道忽然传来了一阵喧天的锣声，街道上的人听闻后都自动退散到两侧，迎面走来了一群官人，身着红色锦衣，手牵着枣红的大马，带刀侍卫行在两侧，前后高举着“肃静”“回避”的仪仗。

“哎呀，这不是今年的金科状元陆鼎生吗？哎哟喂，这下子可给陆家光耀门楣了……”人群中忽然有人高声说了句。

周围一下子便沸腾起来，街道两旁的茶楼、酒楼、作坊、当铺等全都热闹了起来，人们纷纷探出头来一睹这状元郎的风采。

经过游街夸官、入孔庙、拜孔圣人、走魁星门等一系列流程后，陆鼎生回到了陆府，此时，在陆府除了来恭喜他的街坊邻居和亲戚，还有三五个媒婆，见他人进来后，便七嘴八舌地开始给状元郎说起了媒。

什么张家的二小姐、李家的小女儿，估计整个县城里没有出嫁的姑娘都想嫁给这位英俊帅气的状元郎。

“鼎生啊，你既已高中状元，也该成家了，若是媒婆介绍的那些姑娘中，有你满意的，尽管跟爹说，爹替你准备好聘礼上门去说亲。”陆安民笑着抚着胡须。

陆鼎生看着这么热情的媒婆围着他，有那么些难为情，想了想后，说道：“不瞒父亲，孩儿其实已有心上之人，就是那日救了孩儿的姑娘，叫若兰，在清水镇的木府。”

陆安民不免有些意外，反问道：“那想必就是木府的小姐咯？”

陆鼎生说不上来若兰的身份，当初走的时候，也没能见上她最后一面，这一年备考科举，除了偶尔的书信往来，也没见过面。

“既是恩人，那我们陆家说什么也要登门拜谢一下。鼎生，你刚回来，不着急，等休息几日，我们准备好了后，便一同去往清水镇。”

陆鼎生不知父亲应得如此爽快，高兴地点了点头，不过，这样一来，可就让那些媒婆白跑一趟了。

几日后，陆安民带着陆鼎生和几个随从，驱马车到了清水镇，然后在仆人的带领下，找到了那家木府。

木府一听状元爷登门拜访，连忙赶到门口迎接，这一问才知道，原来是来谢恩的。

“若兰？”木老爷吃惊地瞪圆了眼，“那是本府的……”

“若兰是我们的女儿……”一旁的木夫人连忙道。

陆鼎生一听，有些不好意思了，问道：“那我可以见见她吗？”眼里全是期许。

木夫人迟疑了一下，回道：“哎，真是不巧，若兰今天随丫头去了庙里祈福，因为她的姑妈住在庙里修身养性，所以会小住几天才回来。”

陆鼎生眼里的光芒一下子暗淡下来，不过一想起那段被若兰悉心照顾的日子，陆鼎生就觉得温暖和幸福。

不能在清水镇待上太久，在陆鼎生的提醒下，陆安民便向木家提了亲。这状元郎都亲自上门提亲了，木府的人自然是一百个答应，定下了婚期后，陆鼎生便先回去了。

……

时间过得很快，一转眼便到了成亲那日，整个陆府上下张灯结彩，好不热闹，陆鼎生的迎亲队伍也出发了，整个镇上的人都纷纷前来贺喜，很多小孩子都围在陆府门口，殷切地想要看看这状元郎从别的地方迎娶回来的新娘子究竟有多漂亮。

等所有礼成之后，陆鼎生回到了洞房。看着坐在床榻上的新娘子，他是既紧张又有些激动，去桌上倒了两杯合欢酒，缓缓地走过去。

“若兰，对不起，让你久等了……”陆鼎生放下酒杯，慢慢地掀开了新娘子的盖头。

凤冠之下，是一张娇羞漂亮的脸，陆鼎生心生荡漾，抬手抚了抚她的脸颊。

“这竟是认识你这么久以来，第一次看到你的样貌，若兰，你比我想象中的美多了……”

新娘子始终娇羞地垂着头不说话，陆鼎生把酒杯拿过来。

两人喝了合欢酒后，陆鼎生从身上拿出了一个香囊，说道：“那日我们互赠定情信物，你还记得当时对我说了什么吗？”

……

黎沂辰整整躺了一天一夜才醒过来，在这昏睡期间，他做了这娶亲的梦，相比于前几次的断断续续，这时的剧情算比较连贯的了。

一看黎沂辰睁开了眼，刚进病房的夏纾凌连忙跑了过来。

“你醒了？感觉怎么样？有没有哪里不舒服？”

“现在几点了？”黎沂辰的嗓子有些嘶哑。

"早上八点！你已经昏迷了一整天了……"夏纾凌现在只要一想起昨天那惊险的一幕，就有些心有余悸。

黎沂辰从床上爬起来，夏纾凌吓得连忙去扶："你干吗？手上还有针头呢！"

黎沂辰索性一把扯掉针头，拿起一旁的电话给张秘书打了过去："把车开到医院楼下。另外，给我准备一些出差要用的行李。"

夏纾凌有些慌了："你现在还不能出院，医生说醒了后还要去做复查的。"

可黎沂辰就像没听到一样，拿起一旁的衣服利落地换上，等换裤子的时候，夏纾凌立马跑出去回避，想要现在去叫医生，又怕她一走，回来就没人了，所以在门口着急地来回徘徊。

黎沂辰衣服换好后，开门走了出来，往前没走几步，又折了回来，一把拉起夏纾凌的手："你跟我走！"

夏纾凌还来不及问要去哪里时，就已经被拉进了电梯。

换上衣服的黎沂辰，除了头上缠着的纱布和略显苍白的脸外，看不出是个在昏迷中刚刚醒过来的人。夏纾凌想来想去，所有的话汇聚到嘴边时，就只蹦出了三个字："对不起！"

要不是因为她，估计他也不会受伤。

"你是该为你鲁莽无脑的行为感到抱歉，不过，你怎么会出现在那里？"黎沂辰微微侧过脸，语气里带着些许的不耐烦。

夏纾凌垂下了头，半天才嘟哝出一句话："想回去看看老宅……"

听到这么说，黎沂辰的眼里忽闪出一丝愧疚的神色，调整了一下情绪后，说道：“一会儿我送你回去收拾一些行李，跟我出一趟远门，时间大概三天……”

夏纾凌忽地一愣，抬起头问道：“去哪里？”

因为不管怎么想，夏纾凌也想不出要跟他一起出趟远门的理由。

“有些事情，我必须要去证实一下……”

04. 他到底知不知道自己在说什么？

一路上，黎沂辰都在专心地开车，只有夏纾凌一个人在一旁各种别扭，想了想还是忍不住问道：“那个……我们要去哪儿？”

原以为黎沂辰不会理她，没想到他沉默了一会儿后，回道：“自从我吃了那颗糖果后，脑子里就会出现一些不属于我的记忆，所以，我想去证实一下，这些记忆是真还是假……”

夏纾凌低“哦”了一声，扭捏了半天，又问道：“可是为什么要我跟你一起去？”

不会是什么你刚好在身边，所以带走比较方便之类的话吧？夏纾凌竟有点小小的期许，希望他能说出一些让自己心动的话。

“你是这件事的始作俑者，不找你找谁？”

“噼啪”一声，夏纾凌的心瞬间碎成了渣，果然跟这个人聊天，三句话定能把人气死。

没一会儿，车子便开进了夏纾凌所在的小区，夏纾凌刚想下车，黎沂辰突然说话了：“你家有新牙刷新毛巾吗？”

夏纾凌有些没反应过来，但脑袋却已经先点了。

得到肯定答复后，黎沂辰便利落地下了车，夏纾凌也不敢久留，连忙跟了下去，却刚好碰到骑车经过的宋轶。

“阿凌？你回来啦？我刚听小悠说你人在医院，正准备去看你呢！”宋轶连忙停车走了过来，把夏纾凌上上下下看了个遍，“你怎么了？是哪里不舒服吗？我太着急，都来不及问小悠！”

夏纾凌有些尴尬，连忙解释：“我没事啦！”

这时宋轶才注意到一旁站着的黎沂辰，看他脑袋上缠着纱布，似乎瞬间明白了什么，但还是忍不住问：“阿凌，你怎么跟他在一起啊？”

“这个……说来话长！”

要是被宋轶知道在危难关头，她不顾自己安危去救黎沂辰，肯定会很伤心的吧？

黎沂辰貌似有些不耐烦了，看了看腕上的表，催促道：“快点，不然一会儿下雨会影响行程的……”

“哦！”夏纾凌乖乖地应了一声，正准备上楼时，宋轶听着这话有些不对劲了，连忙拉住夏纾凌问：“阿凌，他说这话是什么意思？你们要去哪儿？”

夏纾凌也不知道这是要去哪里，当然也没办法回答，那个糖果的事情，更没向任何人提起过，真要解释起来，怕是又要说上许久。

“我们要去哪儿，没必要跟你报备吧？”黎沂辰向来没什么耐心，他一把将夏纾凌拉过来，对于这个男人，他不需要有什么好态度。

“我是她……”

“男朋友？”

还没等宋轶说完，黎沂辰便抢了他的台词，语气有些讽刺，气场强大得竟让宋轶有些心虚。

“你知道她左胸上有一颗痣吗？”

黎沂辰这话一出，宋轶和夏纾凌同时惊讶地瞪圆了眼睛。

“你这话什么意思？”宋轶有些急了。

“连这个都不知道，还敢说是她的男朋友？”

“我……我不知道，难道……你……你知道啊？”宋轶急得脸都红了。

“我当然知道！”

“你怎么会知道？”

“自然是见过……”

滋滋滋……夏纾凌的整张脸都热得可以烙饼了，留下一句“宋轶，你别听他瞎说”后，便急匆匆地跑上了楼，而黎沂辰，脸不红不臊地盯了一眼宋轶后，跟着上去。

夏纾凌进了电梯后，见黎沂辰要进来，连忙按了关门键，刚刚说了那些让人误会的话，现在再同处一个空间，她都该羞得原地爆炸了。

这不是变态吗？居然能对别人的裸体过目不忘？

回到家正准备关门的时候，黎沂辰把门按住了：“我能把你吃了吗？跑那么快？”

夏纾凌有些恼羞成怒，吼道：“你干吗？”

“出发前，我必须梳洗一下，而顺道在你家，是因为节约时间。”

“你是说，你想在我家洗澡？”夏纾凌的脸更红了。

“你不是说你家有新牙刷和新毛巾吗？”黎沂辰一副理所当然的口气，明显没搞清楚重点，见夏纾凌不说话，又补充了一句，“我可以将就的！”

“这……”不是将不将就的问题吧？

夏纾凌话还没说完，黎沂辰便径直进了门，四下一看，确认了浴室的位置。

“你如果也想洗澡，麻烦等我洗完再去，我不喜欢进入湿答答的环境洗澡，而且还会残留你的味道……”

“毛巾和牙刷都在浴室的柜子里，你请自便……”夏纾凌指着浴室的方向，她要是再不阻止，说不定这人又会说出一些什么让人脸红心跳的话。

等夏纾凌收拾好东西出来的时候，黎沂辰已经洗好了，不知道是不是因为洗完澡的缘故，他整个人看起来神清气爽了许多，因为头上有伤，所以没敢洗头发，却经过细心打理，一如既往的一丝不苟。

本来好不容易平息下去的心跳,此时又有些忍不住小鹿乱撞了,天啦,黎沂辰居然在她的浴室里洗澡了？一丝不挂……

夏纾凌连忙甩了甩脑袋，再这么想下去，都该流鼻血了，偏偏对方又是个木讷的低情商动物，在他看来是极其平常的行为，却被自己 YY 到限制级，夏纾凌啊夏纾凌，你什么时候变得这么色了？

“你不去洗？”黎沂辰转头问道。

“哦，不用不用！我今天早上去医院前，洗过了……”

夏纾凌尴尬地摆摆手，她怎么能在有他的空间里，若无其事地脱光去洗澡呢？上次的教训还不够惨烈吗？

“那好，给我准备早餐，吃完我们就走！”

“啊？”夏纾凌一惊。

“有问题吗？”

“啊，没……那你等一下吧！”

也不知道为什么，夏纾凌好像永远都没办法跟他说不，是怕他？还是心里其实最不想拒绝的就是他呢？她还有些分不清楚。

平时都没有在家吃早餐的习惯，因为费时费力，基本就在楼下的豆浆店解决的，所以，冰箱里也没什么食材，简单地煎了两个蛋后，配了一杯不知道过没过期的牛奶，便端上桌了。

就像以前一样，黎沂辰坐在桌前安静地吃着早餐，而夏纾凌像只小狗一样趴在对面看着他吃。

早上的阳光明媚又温暖，透过窗户洒进来，照在黎沂辰的身上，仿佛整个人都在发光，夏纾凌的心情竟也莫名跟着好了起来，貌似这样的早晨，能让人一整天都活力满满。

等一切准备就绪后，两人上路了。在车上的时候，夏纾凌给夏小悠打去了电话，说了这几天她没在要注意的事项，本想让小悠去给宋轶解释安慰一下，可话到嘴边，又吞回去了。这种事情，只有越解释越乱的，再说了，真解释什么，不是还在给宋轶希望什么的吗？

这样对他也太残忍了。

黎沂辰一路上都没说话，车里面又没有放什么音乐，安静得有些可怕，此时车子正靠海一路奔驰着，夏纾凌便把头别向一边，欣赏风景算了。

不过起初还挺晴朗的天气，此时却开始有些乌云密布了，厚重的云层似乎让空气都变得有些逼仄了，好像随时都能掉下雨来。

而此时，夏纾凌也开始察觉到黎沂辰的不对劲，起初车子还开得比较平稳，这时却会偶尔抖动一下，像是握不稳方向盘似的。

“你怎么了？”看黎沂辰有些不自然地扭动身体，夏纾凌忍不住问道。

黎沂辰一个猛打方向盘，车子便靠边停了下来，夏纾凌这才看到黎沂辰额头上细密的汗水，有点被吓到：“怎么了？是不是伤口痛了？”

“你会开车吗？”

夏纾凌摇了摇头，她觉得她这一辈子都不可能买得起车，所以，学车什么的，自然也从来没想过。

黎沂辰捂着胃一副难受的样子：“应该是吃了不该吃的东西，胃痛了……”

不该吃的东西……

天，该不会是她早上做的早餐有问题吧？

“那怎么办啊？这里已经离市区很远了，根本不会有医院啊……”

夏纾凌往四周看了一圈，最后把视线锁定到路边的一户人家上。

“你等我一下，我去那边问一下有没有热水和胃药。”

还没等黎沂辰拒绝，夏纾凌便急匆匆地跑到马路对面，还险些被车给撞到。

胃药这种东西还能问人要的？要是有人问他要，他一定会无视掉，还会觉得对方脑子有问题，脸皮厚到这个程度。

可能是真的痛得有些难受了，黎沂辰轻靠在车旁，微微躬着身，头发也被风给吹乱了，就在他认为夏纾凌一定会无功而返的时候，她竟端着个碗，朝他走了过来。

“我们运气真是太好了，刚好这家人有没吃完的胃药，来吧，吃完就会好受一点了。”

夏纾凌把碗递了过来，另一只手里还拿着一颗不知名的药丸，黎沂辰顿时皱了眉头，先别说这个碗干不干净，那药是能随便吃的吗？他平时的大小感冒可都是看私人医生的。

见黎沂辰迟迟未动，夏纾凌这才意识到他的顾忌，从手里又剥出一颗胶囊，二话不说，便塞进嘴里喝水吞了下去。

“你要是不放心，我先吃一颗给你看看……”

黎沂辰彻底傻了，这女人，不是脑子有病吧？这药也可以乱吃？

第八章 寻找真相之旅

01. 做个脸皮厚的人

有了夏纾凌的“以身试药”，而眼下确实也没有更好的办法，于是，黎沂辰硬着头皮把药给吞下了，在车上休息了半小时后，似乎是药性起了作用，胃真的没有那么痛了。

黎沂辰把这个完全归结于运气好，对于夏纾凌，自然是一点想要感谢的心都没有。

因为这件事，浪费了不少的时间，眼看中午就快到了，夏纾凌的建议是，找个地方先把午饭吃了。

这里前不着村后不着店，唯一能吃饭的地方，就是刚刚借药的那户人家。

“你的意思是我不仅要吃他们家的药，还要去吃他们家的饭？”

“哎呀……别纠结了，不吃东西上路，你一会儿又该胃痛了。再说了，你有低血糖，不吃饭万一晕倒了怎么办？”

夏纾凌跑过去把车门打开，然后，直接上手把里面的人给拉出来。

“好好地拜托人家，然后付饭钱，他们应该不会拒绝的……”

拜托人家？他黎沂辰什么时候干过这种低声下气的事情了？想要挣扎着返回去，可在这时，肚子却有些不争气地咕咕叫了。

夏纾凌暗自觉得好笑，但也不去嘲笑他什么，拉着黎沂辰去找了刚刚借药给她的那位大娘。

夏纾凌用胳膊肘捅了捅黎沂辰，示意他说话。

黎沂辰别扭了半天后，从衣服兜里掏出钱包，然后拿出一沓钱递到那位大娘的跟前。

“你的厨房我买了，今天中午，我会在这里用餐！”

夏纾凌一个瀑布汗，连忙捂住黎沂辰的嘴躲到一边，果然，让他开口就是个错误，又不是什么皇帝微服私访，这口气，也太欠揍了。

趁大娘还没有反应过来，夏纾凌连忙解释：“不是的，大娘，你别听他瞎说，因为我们要赶很远的路，而这里前不着村后不着店的，所以，想在你这里蹭一顿午饭。”

夏纾凌说完，又从黎沂辰手里抽过钱，在一沓中抽了两张递到大娘面前：“当然啦，饭钱是一定要付的。”

大娘可能是从未遇到过借药然后又蹭饭的过路人吧，心里多少有些犹豫。夏纾凌双手合十做出一副可怜兮兮的样子，继续央求道：“大娘，你看，他就是因为没吃早餐，所以胃才痛的，要是再不吃午饭……”

大娘好像有那么一点被打动了，夏纾凌一看有戏，又加码道：“你看这样行吗？今天的午饭我来做，然后饭后的碗也我来洗？”

听到这么一说，大娘彻底心软了，又不用累得自己煮饭，还能白白拿钱，这样的好事，她似乎也没什么理由拒绝。

“只是我看你们细皮嫩肉的，怕是吃不惯我们乡下的东西啊……”说完，大娘忍不住朝一旁的黎沂辰看了一眼。

“不会不会！大娘你都不知道，现在城里人想要吃一回乡下的饭有多不容易……”

“说的也是，我们这些饭菜可都是自己家种的，生态又健康……”

没一会儿，夏纾凌便跟这位大娘打成了一片，聊得可欢了。怕夏纾凌对厨房不熟悉，大娘还是进去帮了忙的，还一直称赞夏纾凌说，现在城里的姑娘能这么能干的可没几个了啊云云。

夏纾凌在厨房忙活了，黎沂辰却站着没事干了，看着那不太干净的凳子，犹豫了半天还是没坐。大娘家有两个孩子，一男一女，就坐在不远处一直盯着他，不知道是没见过长得这么帅的人，还是没见过这么奇怪的人，那眼神，跟看到什么稀奇东西一样。

黎沂辰一直盯着厨房的方向，看着夏纾凌忙上忙下的样子，觉得这个女人是他见过最厚脸皮的了，刚才那软磨硬泡的功夫也不知道从哪儿学的，不过，这些招对他来说都没用，对，没用……

兴许是站得累了，等夏纾凌忙的空隙看过去的时候，黎沂辰已经坐在一张凳子上了，端端正正的，而且正对着厨房的位置，眼睛也一直盯着她，像个被妈妈带到陌生环境的孩子，生怕她一会儿不见了似的。

差不多一个小时后，饭菜终于上桌了，孩子们闻着饭菜的香味，坐在桌子前早就垂涎欲滴了，要不是有个陌生人坐在这里，估计他们早已经开始抢食了。

怕黎沂辰又犯毛病，夏纾凌特意把他的碗筷多洗了两遍，像以往那样，把饭盛好了放在他面前，还专门拿个碗给他单独盛了碗汤。

“你对你男朋友也太好了……”大娘忍不住感叹。

夏纾凌有些尴尬，摆摆手解释：“他不是我男朋友啦！我是他以前的……小保姆！”

“保姆？”大娘震惊得张大了嘴，又再次看了眼黎沂辰，有些不可置信，为了不让气氛尴尬，连忙补充道，“你这么能干又漂亮的姑娘，做保姆真是可惜了。”

夏纾凌呵呵笑了两声没说话，见黎沂辰始终不动筷子，便提醒道：“大老板，快吃吧，不是还要赶路吗？”

看着两个小朋友吃得那么欢，黎沂辰下意识地咽了口口水，动作有些僵硬地拿起碗筷。这不是第一次吃夏纾凌做的饭菜，却是他十几年来，第一次和这么多人坐在一起吃饭，这种感觉，竟也没想象中那么不舒服。

吃完午饭后，两人上路了。

一想起刚才黎沂辰跟两个小朋友抢菜的画面，夏纾凌就有些忍不住想笑，看来，吃饭果然是人越多吃得越香啊。

“对了，你总得跟我说说你那些奇怪的梦是什么吧？我现在一无所知，也不知道该怎么帮你。”

“是古代的一个梦，具体年限不清楚，只知道男的叫陆鼎生，女的叫若兰……”

“古代？”

夏纾凌不由得好奇，那颗糖果里居然有那么久远的记忆？确定没过期吗？

一想起那个大叔的神秘身份，夏纾凌不由得就皱了眉头，到底是什么来头，这么做的目的又是为什么？

等等……陆鼎生？这名字怎么听起来这么熟悉？

“你说你梦见的是陆鼎生和若兰的故事？那个最后两个人为爱而终的传奇故事？”

夏纾凌这么一说，黎沂辰立马踩了个煞车，惊奇地转过脸，问道：“你怎么知道？”

02. 清水镇

夏纾凌拿出手机翻到自己的微博递到黎沂辰面前：“我以前发过一条微博，上面就写过这个故事，是关于老宅的，这个故事一直流传至今，只是，小的时候没认真听奶奶讲，所以具体的故事情节，都忘记了，只知道这是个悲情故事……”

说到这里，夏纾凌觉得太不可思议了：“我没想到，糖果里的记忆，居然跟老宅有关系，总感觉这一切是不是太巧了……而且有些神奇得无法用科学解释。”

黎沂辰也看过夏纾凌的微博，只是当时看到老宅被拆的照片时，便有些心浮气躁了，却不曾想，他脑子里那些乱七八糟的故事竟是夏纾凌老宅的一个传说，关于这一点，他需要时间来消化。

“你还知道什么？”

夏纾凌想了想，答道：“我奶奶说，这个陆鼎生以前就住在老宅，而且是老宅最为辉煌的时期，至于其他……我没什么印象了。不过，我们这是要去哪儿啊？”

“清水镇……”

“啊？”

“若兰所在的地方……”

“哦……”

此时外面已经开始淅淅沥沥地下起了雨，路面也不是很好，到达小火车站的时候，已经是下午四点了，可由于黑沉的天气，看起来就跟晚上差不多。

因为清水镇位置比较偏僻，所以公路还没有畅通，所以必经之路，就是坐小火车过去，黎沂辰和夏纾凌拿了包包，买了票，坐在候车站的小凉亭里，等着今天的最后一班火车。

“阿嚏！”

虽然是夏天，但被雨这么一淋，而且在本就凉爽的乡下，也难免会有些凉意，夏纾凌搓了搓胳膊后，又理了理自己有些湿漉漉的头发。

“早知道应该带一把雨伞的……”说完又是一个喷嚏。

正在这时，一杯热水递到了夏纾凌的跟前。她缓缓抬起头，对于黎沂辰忽然会关心人的举动有些不适应。

“你刚刚去问别人要热水了？”夏纾凌有些不敢相信他会向人低头。

黎沂辰坐在她一旁，拿着自己手里的水，头别向一边，不说话。

夏纾凌握着暖暖的杯子，喝了一口，瞬间整个身体都暖和起来了，不知道为什么，明明是一杯白开水，却带着丝丝的甜味。

还真是特别容易满足的体质啊……

小火车准时到站了。说是火车，其实也就两节车厢，红色的车身已经锈迹斑斑了，在这绿树丛中穿梭，还颇有些小清新的感觉。

坐车的人不多，整个车厢显得很是清冷宽敞，夏纾凌找了个靠窗的位置坐下，此时外面的雨已经停了，有一点点风，深吸一口气，凉爽清新的空气一下子让人舒服了不少。

夏纾凌趴在窗口，还没完全干的刘海轻轻地贴在额前，风一吹，一整股头发都撩了起来，露出洁白的额头。

黎沂辰坐在她的后座，从他的角度看过去，还能看见她长长的睫毛和嘴角微微上扬的弧度，他突然就感觉心里某个地方，一下子塌陷了……

他不敢多看，把头也侧向外面。凉爽的风迎面而来时，竟让他把绷了十几年的神经松懈了下来，这样的感觉，让他虽毫无安全感，却又横生出贪恋……

“黎沂辰，我越想越觉得神奇，你说，这世上怎么会有这么神奇的事情呢？”夏纾凌盯着车窗外，兀自感叹，“你说，这个陆鼎生会不会是你的前生啊？”

夏纾凌突然转过头，就这么直直地撞进黎沂辰那深邃悠远的眸里，可能是没想到黎沂辰也在看她，这样的对视，让她心里不由得一咯噔。

黎沂辰也觉得有些尴尬，连忙把头别向一边，不咸不淡地回了四个字：

“无稽之谈。”

夏纾凌也赞同地点了点头：“也对，这陆鼎生可是痴情郎一个，跟你这个冷血比起来，简直就是天差地别……”

黎沂辰在一旁不满地撇了撇嘴，虽然说得没错，但就是莫名地有些不爽。

小火车开了近三十分钟后，终于到站了。

这一路的跋涉，让夏纾凌已经有些腰酸背痛了，伸了个大懒腰感叹道：“这注定的姻缘就是不一样，陆鼎生居然要走这么远才碰到一生的挚爱……”

黎沂辰白了一眼，淡薄地甩出两个字：“孽缘！”

夏纾凌瞬间蔫了，这人还真是永远都有把天聊死的特异功能。

清水镇在早些年就已经被评为4A级的古镇了，整个镇保持着古风古味，乍一看，还真以为穿越了，只是这个季节属于淡季，所以来的游客不是很多，夏纾凌和黎沂辰找到了一家客栈，准备先办理入住手续。

“两间房！谢谢！”黎沂辰拿出证件。

老板娘微微一惊，看了眼站在黎沂辰身后的夏纾凌，笑道：“帅哥，我们这里有特色的情侣套房，而且价格也比开两个房间便宜，不如体验一下？”

“老板娘，你误会了！我跟他不是情侣，我只是他的小保姆而已！”夏纾凌连忙解释。

听到这样的话，黎沂辰的脸不禁又黑了两度，这已经是夏纾凌第二次拿保姆这关系说事了，不知道为什么，心里一阵莫名窝火，虽然一开始提出这种关系的人是他。

老板娘跟所有听到这话的人表情一样，正想说相似的话时，黎沂辰立马阻止了：“你这里还有其他客栈吗？”

老板娘一看生意都要跑了，连忙转换表情，拉拢道：“哎哟，帅哥，误会误会啦！我们这里的单间房是这个镇上最好的了，还换什么客栈啊？这就给你安排。”

客房在二楼，因为整间客栈都是木制的，所以，上楼时，还会发出嘎吱嘎吱的声音。夏纾凌的房间和黎沂辰是挨着的，此时外面已经黑透了，二楼的灯光又不是很亮，而且楼顶的吊顶有些矮，高个子的黎沂辰貌似一踮脚就能碰到头。

夏纾凌在开房间时的时候，突然一把被黎沂辰拽住了手臂，然后把她转过身逼退到墙根，本就不宽敞的过道，一下子被两人给填满了。

“以后不准再说你是我的小保姆！”黎沂辰正色警告道。

夏纾凌被吓得有些惊魂未定，一听这个问题，不觉又有些好笑，反问道：“这关系不是你定义的吗？”

“你这女人是没有廉耻心吗？”

夏纾凌有些无辜道：“这跟廉耻心有什么关系？”

“你见过一个男人带着保姆出远门的吗？”

“见过啊，不就是你吗？”

“嘭！”

黎沂辰一拳砸在夏纾凌身后的墙上:“我没你那么厚脸皮……”说完，便拿着包，开门进了自己的房间。

夏纾凌嗤笑一声，摇了摇头，被这样说，心里多少会有些不舒服，大老板和小保姆，呵呵，还真是一个让人想入非非的关系呢！

03. 陆鼎生和若兰

因为奔波了一整天,夏纾凌还没来得及吃晚餐,便倒在床上呼呼大睡，也不知道睡了多久，最后是被敲门声给吵醒的。

“怎么了啊，大老板……”夏纾凌打了个哈欠，整个人还提不起一点精神。

“你不吃饭？”

“不是很饿啊，想睡饱再吃。”

“可是我饿了……”

“所以呢？”

“给我煮饭啊……”

“煮饭？”

夏纾凌一下子清醒了不少，觉得眼前的男人有点妙不可言：“不是，大老板，你不会真把我当成随身携带的小保姆了吧？”

“我暂时适应不了别人煮的东西。再说了，你的一个月任用期还没到呢！”

夏纾凌有些无语凝噎，看了看时间，已经晚上九点了，又摸了摸自己的肚皮，好像还真有点饿了，不过，她现在也很累啊……

“能不能去外面随便吃点东西？这个点，应该还有夜宵卖的。”

“不能！”

夏纾凌气得一闭眼，算了，人家可是富贵命，哪里能像贱民一样将就？

“那我去找老板娘商量一下吧！”

黎沂辰见夏纾凌答应了，竟不自觉地扬起嘴唇一笑。夏纾凌猛地一个晃眼，还以为是自己看错了，他是个会笑的生物吗？

呵呵，一定是自己累坏了，产生了幻觉。

老板娘很好说话，只是现在已经很晚了，没别的要求，就是在做饭的时候，不要动静太大，吵到别的客人。

半小时后，两菜一汤端上了桌。

夏纾凌照往常一样，把饭和汤都盛好放在黎沂辰的旁边。老板娘一直坐在大厅里嗑着瓜子看着电视，看到这一幕，忍不住说道：“这位帅哥，可真是好福气，能找到这么漂亮体贴又能干的保姆。”

这样的话黎沂辰已经听得耳朵长茧子了，再怎么不舒服，他也不想反驳什么了，只恶狠狠瞪了一眼管不住嘴巴的夏纾凌。

夏纾凌努了努嘴，表示无声反抗。

吃饭的间隙，夏纾凌有些无聊，便开始找话题跟老板娘聊，问及了一些她的家事后，又问了镇上哪里好玩，哪里有好吃的。老板娘倒也热心，耐心地一一回答。

“对了，老板娘，你听说过陆鼎生和若兰的故事吗？”

问到这个问题时，一直安静着吃饭的黎沂辰也抬起了头。

“哪能没听过，镇上有个戏台子，每隔几天就会唱这么一出，毕竟那若兰姑娘，就是我们清水镇的人嘛！早就成为我们古镇的一大看点了。”

“还真有啊？看来我们是来对地方了。”夏纾凌有些小惊喜。

“来我们古镇的，大多都是喜欢我们这里古风古味的建筑，拍照和拍戏的人多，真冲着这个故事来的，还真没几个。啊，对了，明天早上好像就有唱这出戏的，你们可以去看看。”

“谢谢老板娘！”

夏纾凌收拾好碗筷出来，还以为黎沂辰已经上了楼，谁知道却被老板娘拉着问东问西，从名字一直问到婚嫁，黎沂辰始终冷着脸什么都不说，就看着老板娘一直在吧啦吧啦说个不停。

见夏纾凌出来，老板娘又把话头转了过来。

“对了，明天晚上镇上会有个迎亲的戏，跟早上那个不同，这是个邀请游客一起参与的戏剧，演的就是陆鼎生迎娶木家小姐的那一出。”

“真的？那我可以去参加吗？”夏纾凌从未参与过这样子的活动，兴致一下子高了起来。

“当然啊！你们两个都可以去参加的。”

夏纾凌高兴之余看了一眼黎沂辰，不由得哼哧一笑。这块冰坨子会去参加这么热闹的东西？这不就跟太阳打西边升起一样诡异吗？

此时，黎沂辰起身走过来，拉着夏纾凌便往楼上走，自己迈着大步，也不管后面的人跟不跟得上，夏纾凌好几次都险些踩空摔倒。

身后的老板娘见状，啧啧啧地摇头叹息道：“怎么一点也不知道怜香惜玉哦……”

到了走廊后，夏纾凌实在有些受不了，便甩开了他的手，没好气地吼：“你干吗啊？”

“我们过来可不是来玩的……”

“我没有玩啊？啊，你说的是参与那个戏剧活动啊？那也不是玩啊，你要了解清楚真相，参与到其中，不是更能够体会吗？虽然我也不知道，你究竟想要证实的是什么……”

刚被老板娘吵吵了一阵，这会儿又听到夏纾凌对他大小声，黎沂辰忽然觉得头很疼，用手扶了扶额。夏纾凌以为他的伤口又痛了，连忙上前，却被他推开了。

“我就应该一个人过来的……”说完，黎沂辰便推门进了房间，留下傻愣在原地的夏纾凌。

“对啊，那为什么要拉上我啊？一天还折腾我给你做这做那，我是疯了才跟着你来到这里……”

夏纾凌气得一跺脚，转身也回了屋，这男人，怎么永远都是一副不知好歹的样子？

第二天，夏纾凌起了个老早。昨晚下了一夜的雨后，早上的空气格外清新宜人，只是心情糟透了，因为昨天某些人的一些话。

黎沂辰毒舌惯了，他自然不知道哪里又得罪了夏纾凌，只知道，早上他起来的时候，不仅没有早餐吃，夏纾凌还一早就出门了，完全没有通知他一声。

老板娘从厨房端出了一碗粥、一个馒头和一碟小菜，而黎沂辰现在也明显不是挑剔的时候，说了句连自己都听不到的“谢谢”后，坐了下来。

“你们昨天吵架啦？”老板娘坐在对面，忍不住问。

黎沂辰一愣，有些没反应过来。老板娘也不等他回答，继续自顾自地说：“那么好的姑娘，帅哥，你要学会珍惜呢，生气了不要紧，女娃子嘛，哄两句就好了。”

黎沂辰险些被粥给呛到，稳了稳情绪后，问道：“你知道她去哪里了吗？”

老板娘摇摇头：“她没说，不过镇子很小，你顺着一路走过去，一定能碰上她的，昨天不是还说要去看戏的吗？你吃完早餐过去，时间上差不多。”

古镇被雨水冲刷过后，路面的青石板看起来干净又明亮，早上稀薄的阳光打在身上，暖洋洋的。夏纾凌很快把不开心的事抛诸脑后，拿着手机一路走一路拍。

转身的瞬间，黎沂辰强势入镜。

他今天难得一身休闲装扮，比起平时的西装革履，线条柔和了许多，拍他的时候，眼神刚好看着她，一汪深潭，波澜不惊，一副永远都化不开的浓郁，让人很有距离感。

夏纾凌转过身，装作没有看到他继续拍其他的建筑，黎沂辰却在经过她的时候，顺势拉起了她的手，然后什么都不说，便一直往前走。

夏纾凌一个重心不稳，险些摔倒。

对于这种老是不跟人商量就直接来的蛮横行为，夏纾凌很是不爽，正想开口的时候，黎沂辰转身说话了："怎么？要我哄你吗？"

可能是没料到他会突然冒出这么一句，夏纾凌有些呆愣了，下意识地就蹦出两个字："不用！"

"戏快开始了。"

"哦，那快走吧！"夏纾凌抽掉被他牵着的手，埋头走在了前面。

这样子突如其来的亲密行为，对那个冷血来说，或许没什么感觉，可夏纾凌觉得整只手都火辣辣了，而且热量还在朝四面八方扩散，一直红到了耳根。

说是戏院，不如说是一个祠堂、一个高台、一个并不宽敞的院子，游客不多，本地听戏的人却很多。夏纾凌和黎沂辰进去的时候，就只剩下一张条凳了。黎沂辰虽然不喜欢人多的场合，但此时也明显不是挑剔的时候。

一声锣鼓响后，现场恢复了安静，不过时不时地还是会有小孩子嬉闹的声音。

没一会儿，一个穿着书生样的戏子上了台，一系列的走场后，开始唱一些夏纾凌听不懂的曲，听旁边的当地人介绍，这是他们这里的方言，听不懂可以看一旁的字幕牌。

大致意思如下:

这名书生就是陆鼎生，正在拜别父母，准备进京赶考。父母亲不放心他一人独自出远门，便给他配了个书童阿成，两人赶了两天的路后，就快要到清水镇，却在穿过树林时，碰到了山贼，被抢了银两不说，阿成和陆鼎生在逃跑的路上还跑散了。最后陆鼎生被伤了双眼，从树林的山坡上滚了下去……

正看到这个时候，夏纾凌的手机忽然响了起来，一看是宋轶打来的，她便想避开黎沂辰出去接，可刚才站起来，手机就被黎沂辰夺走了，而且二话不说，还挂了她的电话。

“你干什么？”夏纾凌小声责备。

“做事不能三心二意……”黎沂辰始终盯着台上，说话的语气更是理所当然。

“耽误不了多久的，再说了，你不是还在这里看吗？”

“嘘……”黎沂辰转过脸对她做了个噤声的手势。

夏纾凌皱着眉头拿他没办法，想要伸手要回手机，起码给宋轶发个短信过去，谁知黎沂辰顺手把手机放进了他的裤兜里，而且一点也没觉得不妥的淡定模样。

夏纾凌气得一咬牙，转身继续看戏。这人真是专横到极点了，是他非要证实什么，却要拉着她一起，当初就不该迫于他的淫威来到这里。

手机被挂断没多久后，又响了起来。黎沂辰从容地把手机拿出来，原以为他会像第一次那样挂断，谁知他手指一划，竟接了起来。

“不好意思，现在不方便接电话。”说完后，直接按了关机键。

夏纾凌惊得下巴都快掉地上了，这人做事，还真是一点都不考虑当事人的感受啊……

宋轶对她的误会，恐怕是越来越深了。

再次转回戏台的时候，受伤的陆鼎生已经在木府了，因为伤的是眼睛，所以他一直蒙着一条白布，而正在悉心照顾他的，就是若兰。听旁边的人说，陆鼎生就是被上山采药路过的若兰救回家的。

原来，是一个美人救美男的故事，回归到剧情上的夏纾凌，倒没怎么怄黎沂辰的气了，而且在看到两人互生情愫的时候，竟有些羡慕。那个时代的人，感情来得含蓄又纯粹，而当唱到“夜月一帘幽梦，春风十里柔情”时，她竟也有些小小感伤。

转过头时，吓一跳，黎沂辰居然比她更触景生情，泪珠都挂在下巴上了。

“没想到，你是这么感性的人哦……”夏纾凌感叹。

黎沂辰貌似这才回过神，察觉到脸上的泪痕，也是很惊奇，连忙用手擦了擦，这属于无意识的行为，就跟他经常在这个梦里醒来，枕头却湿了是一样的。

戏只唱了上半场便结束了。夏纾凌要回手机，本想着打电话给宋轶解释一些什么，号码拨出去又连忙挂断了，最后改为发短信，说是刚刚在看戏，怕影响到别人，所以才挂掉的。本来事实也如此，没一会儿，宋轶回了一个字“哦”。

“哎，真羡慕陆鼎生和若兰，彼此相爱，冲破世俗的桎梏也要在一起……”夏纾凌走进一家饰物小店，忍不住感叹了一句。

“一段悲情故事有什么好羡慕的！”黎沂辰不咸不淡地回了一句，

“对于你这种冷血来说，感情什么的永远都没钱财来得重要，你当然不会懂了。”

夏纾凌拿起一条手机链，上面吊着一个很小的折扇，看起来很是精致可爱：“老板这个怎么卖啊？”

老板从旁边取下另一条，是个红色的小香囊，做工也很是精致：“这个是陆鼎生和若兰当年的互赠的定情信物，所以，是一对一对卖的。”

“定情信物啊……”夏纾凌不免有些迟疑了，这一没情人二没男朋友的，总不能买回去送给宋轶吧？

“那我还是不要了……”说完，她有些恋恋不舍地还了回去。

“可以送给你男朋友啊？”老板用头指了指门口站着的黎沂辰。

“他不是我男朋友啦！他是……”

夏纾凌话还没说完，黎沂辰便一把拉走了她，明明昨天还警告过的，今天怎么又开始了？当别人保姆这么值得炫耀？恨不得让全天下的人都知道？

看着黎沂辰黑着脸的那个样子，夏纾凌什么都不想说了，哼哧了一声，表示不满后，便转身走了。

整整一天，只要有他在，心情就没好过。

两人回到客栈后，黎沂辰一句话也没说便上楼回房间了，一直到午饭时间过了，都没有下过楼。夏纾凌不禁觉得有些好笑，明明更生气的人是她，他倒使起了小性子。

不吃饭？呵呵，一会儿要是低血糖晕倒了，看谁去管你！

……

“不对，你不是若兰！”

在新娘子卸完妆的那一刻，陆鼎生立马察觉到了不对劲，惊得连连后退了好几步，最后一屁股坐在了地上。

“公子，我就是若兰啊！就是当初救你的那个若兰。”新娘子还从袖子里拿出了那把定情桃花扇，“临别殷勤重寄词，词中有誓两心知……这不就是当初我对你说的话？”

陆鼎生从地上爬起来，看着她手里的折扇，自己的东西他自然是识得，可即便如此，他还是不相信眼前这女人就是他所爱的若兰。

“我虽从未见过她的容貌，但你的音容，却跟若兰大相径庭，我牵过她的手，虽与你一般小巧，但她的手心却有一层薄茧，我也摸过她的脸，当时虽然她躲开了，但我还是触碰到了，在她眉骨的位置，那一道浅浅的疤痕……”

“啧，难道我还比不过整日干着粗活，还被毁了容的卑贱丫头？”

新娘子是木府的大小姐，叫木婉心，当初，状元郎亲自上门提亲，说是要迎娶他们家的丫鬟若兰。在了解了事情的前因后果后，木家人便果断把自己的女儿推上了陆家的大花轿，原以为至少能瞒个三五日，却不料洞房花烛当夜便被识破。

“丫头？”陆鼎生有些不敢相信。

“没错，若兰乃是我木府烧火煮饭的丫头，救你那日，我们全家回老宅祭祖，木府上下就只剩下几个家丁和丫鬟，怎么？若兰她跟你说，她是木家的大小姐？”既然已拜过堂，木婉心已是他明媒正娶的正室，自然也不怕把话说开。

陆鼎生貌似受到了打击，身子不由得晃了两下，随后呵呵冷笑了两声，从身上取出了若兰当日回赠给他的信物香囊。

“那她现在在何处？”

“被我爹卖去青楼了，所以，你这一辈子都不可能跟她在一起了。”

“青楼……”陆鼎生的心口像是被重锤砸了一下，钝痛的感觉一下子弥漫了全身。回想起和若兰在一起时的点点滴滴，陆鼎生鼻头一酸，眼泪便开始簌簌地往下流……

……

“喂！黎沂辰，你醒醒！你怎么了？别吓我啊？”

见黎沂辰一直待在房里没出来，夏纾凌怕他出事，便找老板娘开了房门。这一进来，发现他蜷缩在床上睡觉，而且就像梦魇了一般，嘴里一直念着“若兰”，眼泪也一直流，把夏纾凌给吓坏了。

“难道又做那个梦了？”夏纾凌抽出纸巾，帮黎沂辰擦着不断涌出来的眼泪，由起初的着急转换成安抚，她轻轻地拍着他的肩头，像哄小孩子一样轻言哄道，“没事了，没事了，若兰在呢！”

像是起到了一些作用，黎沂辰的情绪慢慢地平静了下来。

看着他此时脆弱又可怜的样子，夏纾凌整颗心都软了，而且心口的地方竟隐隐有些不舒服。

黎沂辰慢慢地睁开眼，似醒非醒的他，脑子里还有些混沌。

夏纾凌去楼下熬了一碗粥端上来，把碗搁在床头：“你饿了吧？起来吃点……”

夏纾凌话还没有说完，黎沂辰便一把拽着她的手，往自己怀里一拽，她便整个人撞进了他的怀里。

虽然磕得下巴有些疼，但这样温暖却又厚实的感觉，再加上他身上那淡淡的男人香气，夏纾凌的心跳一下子便乱了节奏，整个脸不自觉地红了起来。

“不要离开我……”黎沂辰的嗓子有些嘶哑，紧紧地抱着怀里的人，一副生怕失去的样子。

这样温柔又暧昧的话，一下子戳中了夏纾凌心里最柔软的地方，可是一想起刚刚他梦魇时叫起的名字，便想着是不是陆鼎生上身了，忽然觉得有那么一些尴尬，但为了安抚他的情绪，她没动，轻轻地拍着他的胸口安慰：“放心，我不会离开你的！”

第九章 突如其来的吻

01. 醉后一吻

黎沂辰再次醒过来的时候，已经是晚上了。

从没有睡过这么长时间的他,这一觉醒来,竟有些如释重负的畅快感。床头搁了碗粥，已经凉了，黎沂辰揉了揉太阳穴，神情有些茫然，是谁进了他的房间吗？

换洗完毕后，黎沂辰出了房间门，经过夏纾凌房间时，敲了敲门，没有回应，遇到刚好搬东西上楼的老板娘。

“哟，帅哥，你睡醒啦？饿了没？楼下刚好有吃的。”

黎沂辰微微颔首表示回应，顿了顿，问道：“那碗粥是你……”

“不是我啦！我哪能没客人允许就进他们的房间？那是你……那小保姆给你准备的。”老板娘刻意加重了那三个字的语气。

夏纾凌？她不是在生自己的气吗？

看黎沂辰一脸疑惑，老板娘忍不住问：“怎么？你不记得啦？刚刚可是你抱着人家，说什么不要离开我的，你们这些年轻人啊，对待感情还真是一点都不坦率，心里明明互相喜欢，嘴上却死活不承认……”

“我……”

“好啦，去找她吧，说是去看戏了，镇上现在可热闹着呢！”老板娘说完，抱着东西忙活去了。

而站在原地的黎沂辰有些回不了神，迷迷糊糊中，他确实感觉抱着一团柔软的东西，那一刻的心安和踏实，原以为只是自己的梦，却没想到是真的，她一定觉得他疯了吧？

古镇一到晚上，基本上每家每户外面挂着的红灯笼都会亮起来，虽然比不上路灯敞亮，却显得古风古韵，映照着青石板路面，让人走在其中，仿佛穿越了一般，若是会唱戏，定会忍不住来两曲。

早上还没多少人的街道，现在已经热闹非凡了，夏纾凌好不容易挤到稍微前面一点的位置，正准备拍走过来的迎亲队伍时，被后面的人一推搡，手机便啪地掉在了地上。

眼看队伍靠近，夏纾凌不敢迟疑，拉开拦着人群的粗绳，钻了出去。

突然蹿出的人，把队伍前面的“状元郎”给吓了一跳，连忙拉紧了缰绳，马抬起了前蹄，长嘶了一声，眼看马就要落蹄踩到夏纾凌，千钧一发时，一只手把她拉了回去，然后结结实实地撞进了一个男人的怀抱里。

而手机，不偏不倚，被马踩碎了。

“你就没有一点危机意识的吗？”黎沂辰皱着眉，看着怀里的女人，心率还有些乱。

夏纾凌也是被吓得不轻，她现在明显不关心自己的手机是不是报废了，心里一遍遍地反问自己，这是她几次被他抱着了？狂乱不已的心跳，害羞到耳根子都红了的悸动，夏纾凌啊夏纾凌，你应该算是彻底沦陷了。

可能是觉得此时的姿势有些尴尬，黎沂辰立马松开了自己的手，突然的温存一下子消散而去，红色的灯笼映照在两人的脸上，红红的、暖暖的，全是暧昧的味道。

“不好意思，小姐，你有没有受伤啊？”这时，“状元郎”下了马，走过来亲切地“慰问”道。

“啊，没，没有，对不起，要不是我突然冲出来……”夏纾凌回过神，点头哈腰地连忙道歉，一看到地上碎成渣的手机，顿时有些欲哭无泪。

“你们的安全措施本身就存在隐患，我觉得你们应该负全责，不仅要赔偿坏掉的手机，精神损失费什么的，我希望通过法律程序来……”

“啊，不用不用！你别听他瞎说，是我自己不小心才造成的，不怪你们，不好意思，影响你们的表演了……”

夏纾凌还来不及给自己的手机“收尸”，便听到黎沂辰那一贯的商人口气，连忙拉着他离开了。要真让他来处理这个事情，那个“状元郎”恐怕会被吃得连骨头都不剩。

“刚才，谢谢你了。”夏纾凌一直拉到人少的地方才松开黎沂辰。

“你为什么不让我把话说完？”

“那本来也不是人家的错啊！”夏纾凌找到一处台阶坐下，有些懊恼的样子，“就是有点心疼自己的手机，攒了整整三个月零花钱才买的……”

看着坐在台阶上托着头的夏纾凌，黎沂辰忽然觉得眼前的女人有些可爱，或许他体会不了一个手机对她的重要性，但他忽然觉得偶尔一两次的退让，感觉并没有想象中的那么差。

“要去喝两杯吗？”她问。

“我不喝酒！”

“哎哟,哪有做生意的人是不喝酒的？况且,你没听过,‘男人不喝酒,枉在世上走’这句话吗？”

“这话谁说的？”

“你管他谁说的……”

镇上有个叫“怡香苑”的小酒馆。这个点，大多人都去镇上看表演了，所以显得比较冷清，夏纾凌和黎沂辰就着吧台的位置坐了下来，店主是个中年男子，打扮得还挺时尚的。

店虽不大，装修得却很温暖，各种有爱的小饰品做装饰，配上五彩琉璃的光，倒还挺有氛围的。

“老板，为什么你会把酒馆的名字叫‘怡香苑’？感觉听起来怪怪的……”夏纾凌忍不住问。

老板爽朗一笑：“是不是很像古时的妓院？”

夏纾凌尴尬地笑笑，没想到店老板这么直接。

“若兰以前被卖到的那个妓院就叫这个名字……”一旁的黎沂辰忽然补充了一句。

店老板和夏纾凌都不同程度地吃惊了一把。

“看来这位先生对这个典故很是熟悉。”

这么一说，夏纾凌倒真想起正事了，他们此次来就是为了摸清这个故事的来龙去脉，对于她来说，把看到的、听到的，加在一起，未免有些断断续续。

忽然间，夏纾凌对后面的剧情产生了兴趣，便问道：“这陆鼎生知道自己所娶非心上人后，又发生了什么事情？”

老板把他们点好的酒摆上桌后，耐心回道：“这木家小姐是陆鼎生明媒正娶回来的，即便是娶错了人，迫于各方的压力，也不能休妻啊，更何况若兰被卖到了妓院，哪怕是做妾，父母也不会同意的。”

老板说完指了指柱子上挂着的一块牌子，借着微弱的灯光，夏纾凌看到了上面的字——

“比翼坠渊情焚天，连理枝断痛难言，相思苦守一生缘，啼悲吟伤一世间，朱花碧叶终有散……”

“他们殉情了？”

黎沂辰端起酒杯轻抿了一口，淡淡地说：“一起跳湖自杀，但后来，陆鼎生被救了起来，而若兰却永沉湖底了……”

“就算是被救起来，也只是行尸走肉罢了，相传陆鼎生没有熬过那一年的寒冬，郁郁寡欢地死去……”老板说完无奈地叹了口气。

“还真是一对苦命鸳鸯……”夏纾凌长长地叹了口气，惋惜道。

一想起之前黎沂辰梦魇时的样子，夏纾凌忽然有些明白，为什么会让他去体会这种感情了，一个痴情为爱而终的状元郎，一个冷血无情到没有七情六欲的大总裁，或许这是老天爷为了平衡某种感情做的安排吧！

不过说来也巧，老宅、记忆屋、陆鼎生、黎沂辰，冥冥之中，似乎早有牵连。

因为觉得跟店老板有缘，所以夏纾凌把他拉在一起喝酒，酒过三巡后，三人都不同程度地有些醉了，当然，醉得最厉害的，还是那个滴酒不沾的大老板——黎沂辰。

“哎，你不觉得你男朋友很逊吗？这么点酒就醉得不行了？”店老板调侃。

“他是第一次喝酒啦！当然容易醉了，啊，对了，他，他不是我……”

话还没说完，夏纾凌便再也说不出一个字了，明明前一秒醉得都已经趴在桌子上一动不动的黎沂辰，此时居然诈尸般凑了过来，双手捧着夏纾凌的脸，以唇封唇。

他明明说过，他不喜欢她跟别人解释他们之间的关系，可这女人就是不听，他拿她没有办法，于是，他想给她一个小小的惩罚，看她下次还敢不敢……

02.LY 的出现

可能是没料到黎沂辰会突然吻过来，夏纾凌直到回到客栈房间，心率都还有些稳定不下来。虽然只是浅尝辄止的触碰，但还是跟原子弹爆发了一样，脑子瞬间被夷为平地，无法思考。

那时的黎沂辰，不会又是陆鼎生上身了吧？还是喝醉了酒，脑子不清醒？

夏纾凌焦躁地在床上滚了几圈，还说以后不打算见他呢！可他的一举一动，这么轻易地就搅乱了她的一池春水。

夏纾凌啊夏纾凌，你可真够出息的。

第二天一早，两人退了房，准备返程。看着黎沂辰一副什么事都没发生的样子，夏纾凌心里始终像堵着什么东西，小火车上，故意跟他拉开距离坐。

如果回去后一切又恢复原样，那还不如在这几个小时的时间整理好自己的心情，所以在上车时，夏纾凌选择了坐在后排，而黎沂辰虽稍有疑惑，但也没问什么，一路上都安安静静的。

直到车子开到夏纾凌楼下的小区。

“黎沂辰……”夏纾凌咬了咬唇，像是下了很大的决心似的，“以后……我们还是不要见面了！”

黎沂辰微微一怔，握在方向盘上的手下意识地握成了拳头：“好！”

得到这样的回答，夏纾凌不知道是轻松还是难过，深吸了一口气后，推开车门下了车，而又在黎沂辰掉头离开的时候，眼泪毫无预警地流了下来。

已是晚上八点，夏小悠一听到楼下车子的声音，便往窗外探了头，一看是老姐回来了，穿着拖鞋便嗒嗒嗒下了楼。

“老姐，你终于回来了，打你电话一直都是关机，你担心死我了……”

“小妹！”夏纾凌转过身一把抱住夏小悠，“我好像……失恋了！”

夏小悠微微一惊，不由得看了看车子离开的地方，良久才说了一句：

“不是吧？姐，你真喜欢上那个无情的资本家了？”

回来后一直没事情做，而在家又有些闲不住，于是这几天夏纾凌便去了宋轶家的小超市，帮小悠清点货物，打打下手，一忙起来，就没有那么多事情要想了。

听小悠说，宋轶找了份工作，就在隔壁的咖啡馆里当学徒，说是想学一技之长，以后也开一个咖啡店。

夏纾凌听后觉得很欣慰，这毕竟是他第一次认真的想要去做一件事，有一种大男孩终于长大成熟了的感觉。

“其实，老姐，你不知道，你不在的这两天，小轶哥的情绪挺低沉的，他毕竟喜欢你那么久，知道你跟一个男人单独出远门，心里肯定会不好受。”中午吃饭的时候，夏小悠忍不住说了一句。相比那个冷酷无情的大老板，她心里其实更偏向于宋轶，因为宋轶是绝对不可能做伤害自己老姐的事情的。

“好啦！小悠，感情这种事情，哪是人能控制的，我即便不喜欢黎沂辰，跟小轶也是不可能的，与其给他希望让他伤心，还不如一下子就说清楚……”

夏纾凌用筷子戳着盒饭里的饭，叹了口气，看来是得找机会跟宋轶好好谈谈了。

正在这时，门口忽然停了一辆红色的跑车，在夏日明媚的阳光下，更是耀眼又奢华。

车门开了，首先映入眼帘的是一双修长笔直的大长腿，一袭红色的连衣裙包裹着凹凸有致的身材，再加上那傲人的事业线，简直又火辣又性感。

这高调的出场方式，真的是很难不让人注意。

女人摘掉了墨镜，往四周一扫视，最后把视线固定到了眼前的这家小超市。

女人的个子很是高挑，本就好看的五官，画上精致妆容，虽妩媚，却有让人不可小觑的精明和睿智。

在超市扫视了一圈后，女人的目光最终锁定到夏纾凌的身上。她扬唇狡黠一笑，转过身在货架上拿了一块口香糖，推送到站在结账处的夏纾凌面前，夏纾凌连忙放下饭盒，走到收银台准备给她结账。

当夏小悠正要嗤笑这女人雷声大雨点小的时候，女人开口了：“除了这个口香糖，其他的东西我全要了！”

夏纾凌以为是自己听错了，眨巴着眼睛，呆若木鸡地盯着眼前这个女人。

女人把长发轻轻往后一撩，笑得莞尔又妩媚：“我最讨厌的东西就是口香糖了，黏黏糊糊的，还没有什么营养。”

“哦，那您稍等，我们马上为你打包！”

夏纾凌说完便准备去忙，女人却用手指在她面前摇了摇：“不用你收拾，一会儿会有人来取的，我只需要你十分钟，跟我去隔壁的咖啡厅喝一杯，怎么样？”

本来把东西全买下来就已经很让夏纾凌吃惊的了，没想到来人还不按套路出牌，居然还要请她喝咖啡？

“这位小姐，请问您找我是有什么事吗？”

“小姐？”女人貌似对这样的称呼很不满意，“有我这么有气质的小姐吗？我告诉你，老娘我一不傍大款，二不嫁富豪，我所有的财富都是我自己赚来的！不是靠这里，”女人指了指自己的胸，然后又指了指自己的脑袋，“而是靠这里！”

女人的强势和言论再次震惊了在场的所有人。

“那，这位大姐，请问你找我姐有什么事啊？”夏小悠一看来者不善，上前毫不客气地问。

女人顿时气得脸都绿了，爹毛道：“什么大姐？有本事你再给我叫一遍？小丫头，小心我起诉你哦！”

女人咋咋呼呼完后，又优雅地整理了一下自己的着装和表情：“请亲切地称呼我为 Lady Young！”

03.LY 的生日宴会

迫于这位“Lady Young”的强势，夏纾凌最后还是答应跟她一起去了隔壁的咖啡厅，而一进去，刚好看到了在吧台忙活的宋轶。

“那个……杨女士，你要是有什么事，就开门见山地说吧！你这样一直看着我，我心里有些发毛！”

从进来后，那位 Lady Young 就一直盯着夏纾凌看，让夏纾凌浑身不自在。

“请注意你的称呼，我是 Lady Young，不是杨女士，况且我也不姓杨。”

“好好好，Lady Young，你还是有话说话吧！”

这一定是夏纾凌见过最难沟通最奇葩的女人了，没有之一。

“我看你，好像没什么特别的地方嘛！”LY手托着下巴，眼神里带着考量，看起来像是在自说自话。

“啊？”夏纾凌有些状况外。

“那……是你男朋友？”LY用眼神指了指在吧台一直关心这里动态的宋轶。

“不是啊！”夏纾凌想也没想便否认。

“那你是喜欢黎沂辰咯？”

“嗯？”夏纾凌讶异于这个女人的直白，当然，更吃惊的还是这个问题本身。

夏纾凌顿时有种做错事被人抓包的感觉。

“我……我想你可能是哪里误会了，我跟他，起初是开发商和钉子户的关系，后来又成了老板和保姆的关系，而现在……应该是见了面连招呼都不用打的陌生人的关系吧……”夏纾凌红着脸摇了摇手，把头埋得低低的。

这样的气氛，这样的对白，活脱脱的一个正房拷问小三的场景。虽然她从没主动做过什么，但不知道为什么，面对这样有气势的女人，居然一下子就尿了。

“老板和小保姆……啧啧啧……这关系可真够限制级的！”LY一副受不了的口气说道。

“那个……不，不是你想的那样啦！”

“这周六我会举行一个生日派对。当然，黎沂辰是一定会来的，既然有误会，我觉得你应该过来，面对面地说清楚比较好！”

“我可以……不去吗？”

当然，这句话只是夏纾凌的潜台词，别人都这么说了，若是不去，那不就是畏罪潜逃，坐实了这个小三的罪名？

“那……那就提前祝你，生日快乐！”

“对了，把你那男朋友也叫上……”

“他……”不是……

夏纾凌还没说完，LY便起身离开了。看着连背影都让人想入非非的女人，夏纾凌忽然明白，她跟黎沂辰之间的距离，或许他身边的女人，就应该像LY这种，既漂亮又有能力……

见女人扬长而去，宋轶立马冲了过来，上下扫视了一圈夏纾凌后，急切地问：“阿凌，她是谁啊？刚才小悠还给我发短信让我盯着点，怎么，她有没有欺负你？”

“没……没有啦！”夏纾凌尴尬地摆摆手，一时之间，有些转换不了现在的心情。

几天后，当宋轶穿着一身让他难受的西装出现在夏纾凌的眼前时，夏纾凌竟有些被惊艳到，宋轶这人平时随性惯了，忽然西装革履的，多少有些男性魅力。

“其实不用穿得这么正式啦！”

相比于随便找了件裙子穿上的自己，夏纾凌觉得有些尴尬，毕竟，他们是去撇清某种关系，而非真正去参加什么生日宴会。

“必须得正式啊！虽然我是不清楚那花枝招展的女人究竟有什么目的，但至少我们在气势上不能输，对吧？”

见宋轶说得这么有板有眼，夏纾凌有些忍俊不禁，可貌似也只有他，能给她这种踏实的安全感了吧？

夏纾凌拿起车后座的头盔戴上，倒腾了半天也没扣上扣，宋轶见状，连忙上前帮忙。

这还是夏纾凌第一次这么近距离观察宋轶，粗粗的眉毛，好看的双眼皮和干净利落的下颌弧线……

夏纾凌不由得感慨，这邻家的小男孩到底是从什么时候长成了如今这高大挺拔的男人了呢？

“小轶，我突然觉得，如果谁做了你的女朋友，一定会很幸福！”

宋轶早已习惯了这种玩笑：“那可不，这位置不是一直都给你留着的嘛！”

生日宴宴会的地点在富人区的别墅，宋轶把车停在了一排豪车的旁边，在他看来，这些车跟他那个没什么区别，不过只是代步工具而已。

堵车的时候，那些豪车再快，也追不上他的小摩托。

与其说是别墅，还不如说是一个庄园，一眼根本看不完全景，大得都快跟夏纾凌他们的小区比了。

夏纾凌从没到过这种豪华私宅，不由得有些看花眼。而在这时，一辆熟悉的豪车停在了眼前，夏纾凌下意识地想要躲起来，可又觉得自己的行为有些可笑，她本来就是来撇清关系的，既没做亏心事，干吗要躲起来？

几日未见的男人，再见时，还是一如初见般的冷绝孤傲，夏纾凌用手捂着胸口，想要让自己保持镇定，对，要保持微笑，不能心慌、更不能表现出几天没见的喜悦和悸动。

黎沂辰估计也是没想到夏纾凌会来这里，不过惊诧也就转瞬即逝的那一秒，路过时，他连个正脸都没有留给她……

还真是到了见面也没必要打招呼的关系了……

“阿凌，你还好吧？”

若是别人看不出，那宋铁一定知道，此时的夏纾凌是什么样的感受，虽然她并没有告诉他来这里的具体原因，他只知道，她所有的要求，他都没办法说不。

“哈哈，我能有什么事？走，进去看看有什么好吃的……”

宋铁轻轻地叹了口气，她估计不知道，她现在笑得比哭还难看吧？

来的人很多，都三五成群聚在一起，手拿香槟，言笑晏晏，像是有永远也说不完的话题，个个盛装打扮，珠光宝气，夏纾凌夹在其中，还真是有些格格不入。

宋铁忙着去找厕所了，夏纾凌便一下子落了单，这么大的地方，竟然不知道站哪儿合适。

见泳池边的人少，夏纾凌便信步走了过去，然后在泳池边坐了下来，而这时，忽然一个小男孩出现了。

“你是谁？”他奶声奶气地问。

夏纾凌还没看过这么可爱的小男孩，胖胖的脸蛋、大大的眼睛，穿着一套合身的小西装，头发也梳得一丝不苟，精致得好像橱窗里的娃娃。

“小朋友，这里这么大，你可不要乱跑哦！别跟父母失散了，还有，你看，泳池边很危险的，你不该来这里！”

“这里是我家，我怎么可能会丢？”小朋友双手叉腰，小嘴嘟着，很可爱。

夏纾凌这下子才是一个大写的尴尬，更是忍不住倒吸一口冷气啊，难道这就是传说中的含着金汤匙出生的孩子？

“还有啊，我虽然只有六岁，但是我会游泳，所以，泳池对我来说，并不危险！”小男孩说完，脸上忽然闪现恶作剧的表情。他趁夏纾凌发愣之际，双手狠狠地往前一推，“扑通”一声，夏纾凌便栽进了泳池里。

“哈哈哈！真好玩！”小男孩高兴得又蹦又跳，顿时也引来了很多人。

不过还好，夏纾凌会游泳。

上完厕所回来的宋轶见状，连忙跑了过来，人虽然没事，但一下子变成了落汤鸡，本来跟那群人比起来就很落魄了，这下子好了，又狼狈又难堪。

好像她今天，就是来丢脸的。

“小轶，你还是送我回去吧！”

夏纾凌有些受不了周遭那些看好戏的眼光，手紧紧地拽着宋轶的衣角，像个受了委屈的孩子。

“好！”宋轶反手拉住夏纾凌的手，正准备走的时候，LY 出现了。

“管家，把 Leo 带到里屋去！”

LY 一瞪眼，小男孩就立马变得乖乖的了，随着管家走了。

在经过夏纾凌的旁边时，LY 又叫停了下 Leo：“给阿姨道歉！”

LY 严肃的表情吓得小家伙眼泪都快出来了，夏纾凌连忙解围：“不用了啦！小孩子不懂事，不要怪他了。”

“他今天要是觉得自己的这种行为正确，下一次那就是谋杀了！”LY 丝毫不退让，这样子教育孩子的方式，竟让夏纾凌从心底佩服，对 LY 的印象也不由得好了几分。

Leo 诚恳地道完歉后，被管家给带走了。

LY 来到夏纾凌的跟前，微微躬身：“不好意思啊夏小姐，我为我儿子的莽撞向你道歉！”

夏纾凌刚想说不用，LY 便拉着她往里屋走：“先去把湿衣服给换了吧！”

“那个……不用麻烦了！”夏纾凌实在没摸清楚这个女人的套路，不免有些手忙脚乱。在慌乱中，她瞥见了人群中的黎沂辰，依旧眼神淡漠，毫无表情。

夏纾凌被拉到了一间比自己家还大的衣帽间，看着 LY 来回在衣柜前为她挑选衣服。

现在这里也没有其他人，夏纾凌便想干脆问清楚好一点：“那个杨小姐，你让我过来，不是要解释我跟黎沂辰的关系吗？”

“对啊！”LY 头也不回地应了一句，而后拿了一件白色的礼服裙过来在夏纾凌身上比了比，“你总不能这个样子去见他吧？”

“我跟他本来也没什么关系，我怎么样他也根本不会在乎。”一想起刚才他旁观时的冷漠眼神，夏纾凌心里就有点不舒服。

LY 自然听得出里面的小情绪，她毫不在意地微微一笑，挑出了一双白色镶钻高跟鞋放在夏纾凌的跟前，拍了拍手，貌似很满意自己的搭配。

“换上吧！”

“还是不要了，我怕弄脏你的裙子！”

“其实你跟黎沂辰是什么关系不重要，重要的是我跟他的关系。”

“我跟他真的没什么的！”夏纾凌有些急了。

“好啦！我没时间了，宴会要开始了，我还要去准备，你换好后到大厅，既然来了，就参加完再走！”LY 嘱咐门口的用人几句后，便去忙了。

而衣服都还在滴水的夏纾凌，身体好像被灌了铅一样，变得沉重又难受……

这或许就是明明喜欢，却不能承认还要拼命给人解释是误会的痛心之处吧？

在用人的帮助下，夏纾凌还是换上了衣服，而且头发也被盘起来了。

站在镜子前，看着里面判若两人的自己，夏纾凌有些回不过神，这难道就是名牌货的魅力？整个人连气质都不一样了。

“把这个戴上吧！”

用人递过来一张面具，见夏纾凌不解的眼神，又解释道：“这次宴会的主题是‘假面’，所以每个人都会戴的！”

这个只在电视上看过的东西，对夏纾凌来说，还真有些不真实的感觉，不过戴上面具也好，就不会有人再用异样的眼光看她了。

用人把夏纾凌领到了大厅,刚才还亮堂的地方,此时变得阴暗了许多,在灯光的映射下，戴着的面具反射出了阴冷诡异的光，有一种到了鬼屋的既视感。

夏纾凌有些害怕，转身一看，那个用人不知道什么时候已经不见了，假面舞会不是很浪漫的吗？怎么风格完全不同？

夏纾凌缓步走进人群中，小声叫着宋轶的名字，在这个“谁也不认识谁”的环境里，她还真有些没有安全感。

此时，音乐声响了起来，整个场子一下子变成了舞池，一男一女像是早就搭配好的一样，牵着手随着音乐跳起了舞。

而正当夏纾凌手足无措的时候，一只手一下子把她给拉了过去。

夏纾凌不太喜欢这样子的突然接触，想要反抗的时候，对方说话了：“阿凌，是我！”

一听是宋轶的声音，夏纾凌瞬间踏实了，惊奇地问：“你怎么知道是我？”

“凭借我对你二十几年的嗅觉啊。不管你变成什么样儿，我都能一眼就找到你，哪怕你化成了灰！”

夏纾凌有些哭笑不得，捶了一下宋轶的胸口，嗔怪道：“说什么呢？”

“那个，说真的，你今天真是美呆了！”宋轶说完扯了车夏纾凌背后的标签，“我看看是什么牌子的裙子，也去给你买一条！”

“谁要你给我买？”夏纾凌又是一捶，“照你这么说，那我平时就不美了？”

“没有没有！一直都美，只是今天格外美！”

宋轶戴的是一个粗眉毛的诡异大叔面具，不过看起来却有些滑稽。

喜欢一个人，不管他变成什么样子，真的可以在茫茫人海中，一眼就找出他吗？

跟着宋轶来回扭动，不知道跳的是什么，但两人配合默契，居然一次也没踩到脚。

夏纾凌的目光开始无意识地在人群中游离，像是在测试着自己的心意，而且居然莫名地有些紧张。

连续扫了两圈后，都没有发现黎沂辰的身影，夏纾凌便放弃了，长吁了一口气，或许她对他，也没那么喜欢吧？

正在这时，一束灯光忽然亮了起来，大家的注意力也一下子全都被吸引了过去。LY 穿着一袭香槟色的长裙站在灯束下，肩膀上的装饰羽毛轻轻地颤动，光洁白皙的脖颈被灯光镶上了一层金边，完美的身材，轻轻一晃，便显得婀娜多姿，长卷的头发自然垂在胸前，整个人散发出高雅的气质。

她没有戴面具,精致的妆容更是让一个女人美到了极致,同样是女人，夏纾凌都忍不住要惊叹，这女人和女人之间，差别怎么会这么大？她跟她比起来，简直就是一个在天，一个在地。

“感谢大家抽空来参加我的生日宴会，今天的主题是‘假面’，所以大家不用拘泥，转过身，邀请你第一眼看到的异性作为舞伴，一会儿音乐声响起后，我们的舞会就正式开始……”

LY 往人群中一扫，继续说道：“当然，请容许我来介绍一下我的舞伴……”

一个身着亮闪闪西装的男人出现在了公众视野，他高大挺拔、气度不凡，在灯光下的他，不苟言笑，如泥塑木雕，但五官俊美得却如从漫画中走出来的美男子，只是那清冷得让人无法靠近的气场，让人有些不寒而栗。

“他就是翼博的总裁，也是华盛的现任董事，黎沂辰！”

此番介绍完，全场自发地响起了掌声，这商场谁不知道黎沂辰的存在？撇去他在商场上的所向披靡不谈，最近的老城开发项目，也早已炒得沸沸扬扬，最主要的还是，黎沂辰从不参加什么私人宴会的，如今，居然以 LY 的舞伴的身份出席，着实让人有些惊异。

黎沂辰冲着人群微微颔首，冷酷的脸上依旧没有多余的表情，他侧过身，对着 LY 做了个邀请的姿势。LY 优雅地伸出手时，不知道是不是踩到了裙角，不小心绊了一下，黎沂辰连忙上前扶住，两人的距离也陡然拉近。

LY 搂着黎沂辰的脖子，就势靠了过去，这在旁人看来，就像直接亲在了脸上，姿势暧昧到了极点。

不是说没有亲情、友情和爱情的吗？那 LY 究竟是他什么人呢？

夏纾凌转过头，不想再看到两个人眉来眼去，鼻头也有些酸酸的，她忽然想起几天前在上小火车时，问他的一个问题。

“黎沂辰，你说你不相信爱情，那是不是代表你不会喜欢上任何人了？”

“我为什么要用我的脑子，去考虑这些无聊的问题？”

无聊吗？可对于夏纾凌来说，却很重要啊？他的那个吻究竟是有意还是无心，她真的很想知道。

不过，在看到今天的这一幕后，她豁然了，现在的场景有多伤人，那时的问题问得就有多傻。

第十章 宋铁的表白

01. 堂本和 LY

夏纾凌忽然觉得自己挺傻的，说什么是来澄清关系的，结果却是看别人示威的。不过她觉得那个 LY 多此一举，她那么优秀，她夏纾凌连她一根头发都比不上，怎么还敢跟她抢男人？

再说了，那黎沂辰自始至终跟她也没什么关系，就算有，也是她单方面的。

正低落的时候，忽然一只手伸到了夏纾凌的跟前。

“美丽的女士，能邀请你跳一支舞吗？”

夏纾凌有些惶恐，连忙摆手道：“我……我不会啊！”然后想要宋铁上前解围，可看了一圈，却发现宋铁不见了。

“没关系，我可以教你！”

说完，也不等夏纾凌再拒绝，男子便上前拉住她的手，进了舞池。

优美的音乐一响起，整个舞池里全是翩翩起舞的人，夏纾凌更是惊慌得手足无措。

“放轻松，不用紧张！”

虽然老是被踩脚，但男子似乎很有风度，一直耐心地教着夏纾凌，而夏纾凌也慢慢地有了一些进步，从起初的手脚不协调，到最后步调一致，这倒是一下子让她忘却了刚才的烦恼。

音乐很快结束了，大家开始陆陆续续地摘掉自己的假面，而在看到跟自己跳舞的男子竟是大明星堂本时，她整个人都蒙了，没想到有生之年，还能跟这个眼线男见面，刚刚居然跟他一起跳舞了？

“好……好久不见啊！”夏纾凌摘掉面具，尴尬地打了个招呼。

堂本起初还没认出来，随即一想，这不就是在飞机上吐自己一身的女人吗？

他不由得呼哧一笑，感叹这世界太小，居然能在这个场合下见面：“夏小姐，对吧？”

“嗯，夏纾凌！”夏纾凌不好意思地挠了挠后脑勺，“上次的事情一直没有机会向你道歉，真是不好意思了。”

堂本笑得粲然，似乎毫不在意：“没关系，只是我很好奇，你当时问我要了黎总裁的电话后，后续发生了什么……”

“呵呵！这个就说来话长了……”

这么一回想，还真是一两句说不清的经历啊！

“我们互相留个电话吧！我觉得我们可以做朋友……”

“电话？”

这就尴尬了，自打上次电话被马给踩碎后，她就一直还没来得及（实际是没闲钱）买新的，不过这样回答，人家一定会以为是借口吧？

"好啊！"

于是夏纾凌把夏小悠的手机号抄给了堂本，互换了电话号码后，堂本便被别人给叫走了，而宋铁也突破重重的人群，找到了夏纾凌。

"刚才那人谁啊？"

"小悠的偶像男神啊！"

"那个叫什么本的？"

"嗯！"

"他怎么在这里？啊对了，我刚刚也是被人给拉走了，真搞不懂，一群不认识的人，是怎么自来熟的？你都不知道，跟我跳舞的那女人有多丑！"

"没少踩到人家的脚吧？"

"呵呵！已经道过歉了……"

说是来撇清关系的，结果等夏纾凌找到 LY 的时候，LY 已经喝醉了，而黎沂辰也正抱着她往楼上的房间走，夏纾凌不想幻想接下来发生的事情，悄悄抹了把眼泪后，拉着宋铁离开了。

第二天，当夏纾凌因为一夜失眠好不容易才睡下的时候，夏小悠风风火火地冲进她的房间，然后连拉带拽地把她拉到客厅沙发坐下。

"前些时日，因为城北老巷的开发项目，华盛集团一度面临巨大的崩盘危机，可就在今日，美国的菲力集团董事沈丹妮融入了大量的资金在这个项目上。虽然国家政策有变，把原有的商业用地批成了生态保护区，这次巨额的资金投入，能够让老巷的开发项目成功转型，把损失减到最低，你现在看到的，就是两人签订合同携手合作的画面……”

电视里正播着今天的时事新闻，本来还困倦不已的夏纾凌，现在似乎也没什么睡意了。

“原来这个女人这么大来头啊……”

夏小悠瞪圆了眼睛，有些不可置信：“不过有些搞不懂，这明明就是个坑，她怎么会愿意拿出那么多钱去帮助华盛？”

想到这里，夏小悠不由得看了眼夏纾凌，小声问了句：“姐，你说这女人是不是跟黎沂辰关系不一般啊？”

何止是不一般啊？都抱上亲上的关系了。夏纾凌不由得暗自腹诽，身子往边上一躺，久久才说出一句话：“小妹，我今天想休息一下……”

“哦……”夏小悠应了一句后，啪地关掉电视。

这失恋的女人，看起来好可怜……

于是，夏纾凌的这种死鱼状态就这么持续了三天，直到夏小悠再次激动地冲进她的房间。

“老姐，堂本，居然……给我打……打电话了，说……说是找你……”夏小悠已经激动得有些语无伦次了。

夏纾凌当初不过是随便留一个电话以示礼貌，却没想到这个堂本真的会打电话过来，所以也是吃惊了一把。

“请我吃饭？”

对于这样的邀请，夏纾凌吓了一跳，感觉就跟当初 LY 莫名其妙叫她去参加生日宴会一样。

不是受宠若惊，而是诚惶诚恐。

“不是说好做朋友吗？一起吃个饭，不会不赏脸吧？”

听到这么说，夏纾凌还真是想要拒绝都难：“那……还是我请你吧！”

想着至少拿到一些主动权。

“你也知道，我是公众人物嘛，所以私人聚餐什么的，都必须要谨慎，你不要太大压力啦，对了，可以叫上你那个可爱的妹妹哦……”

夏小悠的耳朵都快贴到手机上了，听到电话里这么说，她高兴坏了，一直在一旁做出各种求成全的动作，俨然已经忘了当初她是如何被美色迷得七荤八素从而丢了老宅的事了……

“那……好吧！”

夏纾凌实在是找不到合适的理由拒绝，交朋友什么的，她向来都是来者不拒的，不过跟大明星吃饭，还真是让人有些无所适从。

电话挂断后，夏小悠一直激动地问这问那，夏纾凌心累得往身后一倒，这失恋综合征什么的，也实在太不像她了，消沉也消沉过了，这段无疾而终的暗恋，就到此为止吧……

“对了，小妹，最近小铁在干什么？这两天都见不到他人，没了手机，感觉像失联了……”

“小铁哥最近很忙啊，在咖啡店上完班后，晚上还要去酒吧兼职，我也是好几天没见着他了……”

夏纾凌皱皱眉，有些不解，这突如其来的勤奋是怎么回事？

晚上，夏纾凌带着夏小悠来到了一家私厨店门口，这种店听别人说，好像就只有两三张桌子，食物都是高级厨师精心料理，而且，限量供应，要提前很久才能预订到座位，这不得不让夏家两姐妹有些心理负担啊。

“小妹，要不，我们别去了，大明星什么的，真不是我们这种平民小辈能勾搭上的……”夏纾凌有些烦了。

夏小悠虽然很想再看到自己的偶像，但其实这样的氛围，她也比较有些害怕，点了点头，刚一转身，一辆车突然横在了她们的面前。

夏纾凌的心不由得一咯噔，这车不是……

“夏小姐，不好意思，来晚了！”

堂本从车上下来，一身帅气的休闲装，笑得亲切又温暖，瞬间把夏小悠的魂儿给勾走了。

“真的是堂本也……”夏小悠双手抱拳托住下巴，整颗少女心要爆炸了。

“你好，很高兴再次见到你哦！”堂本说完一个摸头杀。

夏小悠要不是有夏纾凌扶着，估计软成一摊泥了……

而正在这时，从车上又下来了两位，一个是车主人黎沂辰，另一个则是红衣妖娆的LY，本来就各种别扭了，这下子好了，尴尬癌都要犯了。

“啊，忘了告诉你们了，这是我姐和……”

“啊，黎总裁……天啦，终于见着活的了……”

堂本还没介绍完，夏小悠便把眼神转移到黎沂辰身上，还真是一点觉悟都没有，她难道忘了，这是挖她老宅的仇人吗？

看到华盛情况不好的新闻时还嫉恶如仇的样子，见到本人后就瞬间忘记自己的底线，除了这神经大条的夏小悠，估计也没别人了。

“看来大家都认识了，那我们先进去吧！”堂本说完，上前掀开门帘，亲自为她们领路。

夏纾凌就算再想逃，此时也没机会了，尴尬地笑了笑后，硬着头皮走了进去。

里面并没有想象中那么狭窄，相反，三个包间都异常宽敞，而且装修风格独特，一点都不像是餐厅，就像门口挂着的牌子那样，有种“宾至如归”的感觉。

不过，即便如此，也改变不了此时压抑的气氛。

“我姐听说我交了新朋友，所以也想来看看，夏小姐，你可不要介意啊！”

还在发愣的夏纾凌立马摆摆手：“不，不会，只是不知道，你们居然是姐弟关系……”

“咦？你认识我姐？啊……对了，上次我姐的生日宴，你也去了，我居然忘了。”

夏纾凌尴尬地回以一笑后，垂下了头。她不想看到 LY 看到她时那示威的眼神，也不敢去看黎沂辰那冷漠如冰的表情，她现在是一百个后悔，最近发生的事情，真是把她这辈子的尴尬和难堪都用完了。

夏小悠一紧张就喜欢跑厕所，何况是今天这个饭局，而 LY 不放心堂本点的菜，非要亲自去确认，和堂本一起离开了，然后，房间里就只剩下夏纾凌和黎沂辰两个。

两人不是没有独处过，可经过这么多事情过后，再次坐在一起，感觉整个气氛都不一样了。

“恭喜你啊，成功解决公司的危机……”夏纾凌随便找了个话题。

沉默……

一秒……

两秒……

“我没想到，今天来的会是你……”

“呵呵……我也没想到你会来……”

夏纾凌干笑两声后，忽然有些难过。他说这话的意思是，如果早知道她会来，他就不来了吗？虽然说以后都不要再见面的人是她，可是，往往说出这句话的人，是最口是心非的。

她其实想问他的问题很多，比如，最近有没有在做噩梦了？找到真相后，睡眠质量有没有好一点？有没有按时吃饭？公司的事情是不是很多会不会太累？还有，跟LY是什么关系？她会帮助你，是不是答应了一些不平等的条件？

最想问的还是——你是不是有喜欢的人了？

可是，一想到自己的立场和身份，就觉得好可笑。

正在这时，黎沂辰从包里摸出了手机，从桌子上滑了过来，刚好到夏纾凌的跟前，把夏纾凌吓了一跳。

“我的手机你先拿去用，等过几天再赔你个新的！”

“赔？”夏纾凌被这个字眼吓得一愣，“不用啊，我手机也不是你弄坏的。”

再说了，她哪里敢用他的电话？随便打来一个Call，她都不敢接好吗？

“要不是我把你拉走，你是有可能把手机捡回来的。”

“可是……”

话还没说完，外面便传来了动静，想必是有人回来了，夏纾凌怕别人误会，连忙把手机从桌子上拿下来，塞在身后。

可是要不是他及时把她拉走，被马踩碎的可就是她了呀。

进来的是夏小悠，一看夏纾凌的动作，不由得看了看她的身后，正想问她藏什么的时候，堂本和LY也进来了。

没一会儿，菜也陆陆续续地上来了。

看着一盘盘精致的料理，夏纾凌却没有一点胃口，全部心思都在身后的那个手机上，万一一会儿响起来，不就尴尬了？

可这世上存在一个叫“墨菲定律”的东西，越是害怕，注意力越是集中于某件事的时候，这件事就越容易发生。

所以，电话真的响了起来，夏纾凌顿时有些手忙脚乱，拿出身后的手机递过去也不是，关也不知道按哪里，不过好在，只响了一会儿就停了。

“姐……你什么时候买新手机了？”

夏小悠不合时宜的问题，让夏纾凌整张脸都红了，眼神示意她赶紧闭嘴。

“不好意思，我应该开……开振动的！”

又不是开会，居然还会因为电话响而特意道歉？夏纾凌就知道，一出现在这种场合，就一定没什么好事发生。

她的电话响了没多久后，LY的电话也响了起来。

比起慌里慌张的夏纾凌，LY 淡定从容多了（毕竟这又不是什么见不得人的事）。

“喂？宝贝？嗯……妈咪在外面吃饭，你找爹地？”

LY 说完往旁边黎沂辰的方向看了一眼，然后把电话递了过去：“Leo 说要找你，打你电话你没接……”

“噼啪”一声，夏纾凌仿佛听到了自己心碎的声音，爹地？那个小孩子……是黎沂辰的儿子？

这……比听到他说有喜欢的人还要让人绝望啊……

夏纾凌实在没办法再装作若无其事下去，她把手里的手机啪地放在桌子上，留下一句“不好意思，还有一些事情，先回去了”后，便拉着夏小悠走出了包房。

夏小悠有些摸不着头，搞不清楚此时的状况，直到坐上了车，才发现，已泪流满面的夏纾凌……

02. 继续保姆的工作

几天后，夏纾凌去老先生那里领了最后的工资，因为不想跟黎沂辰有关的人和事再牵上关系，所以，毅然决然地提出了离职，开始找新的工作。

“最近老先生的身体状况好吗？”

“算是比较稳定吧！公司的事情貌似得到了解决，老先生过几天就回疗养院了。”

不过几日未见，夏纾凌消瘦了许多。

“你也不要太累了，多注意自己的身体。”

“我没事啊！以后我们多联系！这段时间，多谢你的照顾了。”

“对了，忘记告诉你一个好消息，老先生和他儿子的关系似乎有所缓解，上次在别人的撮合下，还一起吃过饭呢！”

别人？想必就是那个 LY 吧？夏纾凌露出一丝苦笑：“那就好！”

果然，她费尽心力想要完成的事，对于“别人”来说，简直是轻而易举啊！

回去的时候，夏纾凌从包里翻钱包的时候，找到了上次在城南庙求的那支签。回想起那位大师所说的话，她就觉得讽刺，什么珍惜眼前人啊？要珍惜也得看眼前人是否中意你啊？

找了两天的工作也没有合适的，宋轶这段时间又不见人，而夏小悠最近超市特别忙，一般很晚才会回来，夏纾凌一个人在家，无聊得都快发芽了。

“咚咚咚！”

正在这时，响起了敲门声，不是小悠，难道是宋轶？

夏纾凌趿拉着拖鞋有气无力地来到门边，开门便道：“小轶你最近去哪儿……”

话还没说完，她便自动噤声了，因为来的人，是黎沂辰。

还没等她问出他为什么出现在这里时，黎沂辰便已经轻车熟路地换鞋进屋了，家里就一双男士拖鞋，是专门为宋轶准备的，他居然一点也不嫌弃？

“我饿了，给我煮饭！”黎沂辰貌似很累，说话的语气也有些有气无力。

夏纾凌眨巴眨巴眼，还以为是自己听错了。

“你不会忘了吧？这房子可是要用一个月的晚餐来抵的……”

“可是你不是已经可以在外面解决餐食问题了吗？”夏纾凌说话的语气多少带着点酸味。

“这是两码事！”黎沂辰抬手看了看表，“给你半小时，我吃完就走！”

“哦！”夏纾凌应了一声后，便去厨房忙活了。

她说不清楚此时是什么心情，不情愿？好像能看到他，心里还是会开心，不舒服？多少有一点吧？特别是想起他和 LY 同进同出的情景，还有个整天叫他爹地的小孩儿……

只是不知道他来这里，被 LY 知道后，会不会又惹来一些麻烦？

家里的食材并不多，而且不像黎沂辰家里那样大鱼大肉什么都有，一份简单的小炒肉和一份清炒的蔬菜，外加一个紫菜蛋汤，碗筷摆放好后，准备去叫人，却发现黎沂辰不知道什么时候，竟倒在沙发上睡着了……

一定是最近公司的事情特别多吧？不然一直被失眠困扰的人，怎么会这么快就睡着了？

夏纾凌不由得放轻了脚步，拿起遥控器关掉了电视，又怕他冷，所以去房间拿了一床毯子出来，可刚刚一搭上，敏感的黎沂辰便睁开了眼，神色很是疲倦。

“那个……既然醒了，就先吃饭吧？”

“这段时间，这个点我都会过来，所以，希望你提前准备好晚餐。”

黎沂辰从沙发上起来，走向餐桌，把这句话用特别理所当然的口气说出来。

“可是……这样，我怕别人会误会。”

LY 可不是她夏纾凌惹得起的女人啊……

“吃个饭有什么好误会的？”

黎沂辰拉开椅子坐下，端起饭碗便慢条斯理地吃了起来。对于他对她做的食物从不挑剔的这一点，多少还是让夏纾凌有些欣慰的。

见夏纾凌愣在原地，黎沂辰用手指轻轻地叩了叩桌面：“过来陪我吃！”

“哦！”

在黎沂辰来之前，夏纾凌其实已经煮了一碗泡面吃过了，只是对于他的这些要求，她不知道从什么时候起，已经无法拒绝了。

夏天的夜晚来得比较晚，此时的晚霞透过窗户洒进来，显得慵懒又温暖，两人都没有说话，只听得见碗筷碰撞的声音，夏纾凌也不敢抬头看他，一直静静地扒着碗里的饭。

“你在我菜里放了药吗？”

“没……没有啊？”突如其来的问话吓了夏纾凌一跳。

黎沂辰夹起一小块肉放进夏纾凌的碗里：“那就不要光吃饭！”

“哦！”

夏纾凌夹起碗里的那块肉塞进嘴里，其实心里有些暖暖的，以前的冰山男，如今还会给人夹菜了，只是孤男寡女一起吃饭本就是让人尴尬的事，而且还是在家里，不管怎么看，都像是小两口的生活日常。

一有这个念头，夏纾凌就连忙晃晃脑袋打消，夏纾凌啊夏纾凌，人家可只是把你当做饭保姆的，你居然还在幻想那些让人脸红心跳的场景，天啦，你是不是被夏小悠给传染了花痴病啊？

饭吃完后，黎沂辰果然没有多留，只是走的时候，留下了一个手机，说是为了方便告诉她提前准备什么食物。

都这么说了，夏纾凌当然也不好拒绝，只是一想起上次的手机事件，心里有些不是滋味。

03. 表白

之后的一星期，黎沂辰果然每天准时来夏纾凌这里吃饭，有一次，被提前下班的夏小悠碰到，三个人还尴尬地坐在了一桌。为了防止这种现象再次发生，夏小悠把每次回家的时间都给推迟了。

虽然她一直是站在宋轶那边的，却也不想让老姐整天因为黎沂辰而消沉，所以不帮忙，也不捣乱吧！

这天，听到敲门声的夏纾凌，一路小跑着过去开门，在开门的那瞬间，脸上的笑容顿时有些僵硬。

“小……小轶？你怎么来了？”

这还是自上次宴会后第一次见到宋轶，一段时间没见，夏纾凌有些吃惊于他的变化，人精瘦了许多不说，整个人精神状态都变了，好像从一个大男孩变成了一个成熟的男人，像是经历了什么似的。

“阿凌，好久不见啊！”宋铁笑着打了个招呼，不知道为什么，明明挺熟悉的一个人，却因为这个招呼，变得有些生分了。

夏纾凌想让宋铁先进来，可宋铁却拒绝了，他从身后拿出了个纸袋子递了过来。

“阿凌，这……这是我送你的礼物……”

夏纾凌有些不明所以：“今天又不是我生日，干吗突然送我礼物？”

“从小到大，其实没正式送过你什么礼物，上次宴会我就说过，会给你买那条漂亮的裙子的！”宋铁像以前一样笑得憨厚，不知道为什么，看得夏纾凌鼻子有点酸酸的。

夏纾凌接过袋子，拿出里面的裙子，当真是宴会上穿过的那条，她连忙去翻价签，看着上面五位数字的天价，有些恼怒道：“小铁，你疯啦？这么贵的裙子你买回来干什么？”

“不不不，这标的价格都是唬人的，我去买的时候，商场正打折，所以没花多少钱。”

尽管宋铁这么解释，夏纾凌的心里还是有些不舒服。这家伙一撒谎就会抠手指，作为青梅竹马怎么会不知道？消失这么多天，又听到小悠说他到处兼职的事，如今看到这条裙子，似乎一切都明白了。

“小铁，我觉得我们该好好谈一谈了！”

“好啊，那你把裙子换上，我已经订好餐厅了，我们边吃边聊！”

没等夏纾凌拒绝，宋铁便转身跑开了，走的时候，还笑着说：“一定要换上哦，我在楼下等你！”

夏纾凌拿着裙子，心理负担一下子就沉重了起来，她不忍心去伤害宋轶，却又不能因为同情和他在一起，那些拒绝的话，她要如何开得了口？

最后，夏纾凌还是换上了那条裙子，而宋轶没有骑他的小摩托，靠在一辆黑色轿车旁在等她，而夏纾凌这才发现，宋轶今天的穿着也非常正式。

隐隐之中，觉得他们之间有什么东西会被打破。

所以，一路上，两人都无话，直到车子停在一家西餐厅门口。

“小轶，我……”

“阿凌,我们俩还从未单独一起吃过晚餐呢！不知道这家好不好吃，要是好吃，下次把小悠也叫过来。”

夏纾凌心里一阵惆怅，深吸了一口气后，还是随着宋轶走进去了，只能一会儿找个机会，一次性把话说清楚吧，骂她恨她都无所谓了。

西餐厅算不上豪华，但装修看起来也蛮有格调的，宋轶和夏纾凌在靠窗的位置坐了下来，昏黄的灯光，悠扬古典的音乐，让整个用餐环境看起来浪漫又有情调。

但对于平时总是嬉笑打闹的他们来说，这样的氛围，显得有些别扭和格格不入。

而且，夏纾凌也没心思去体会这些。

“阿凌，你还记得我们刚认识时，是几岁吗？”为了让气氛轻松，宋轶主动提出了话题。

夏纾凌仔细一回想：“五岁吗？感觉太久了，反而有些想不起来了。”

这个话题一出，无疑是成功的，毕竟是两个人都参与进来的童年往事，一下子就聊开了，像是永远也说不完一样，时不时会传来两人的争论声和笑声，可是聊着聊着，气氛又再次回到了之前那般。

不是有首歌就是这么唱的，最怕空气突然安静……

“阿凌……”

“小铁……你先……”

“不，你先听我说完好吗？”

宋轶整理了一下自己的情绪，脸上是难得的严肃和认真。

“小的时候，我妈就告诉我，要做个男子汉，不能欺负别人，也不要被别人欺负，可你也知道，小时候的我，又瘦又小，老是一副弱不禁风的样子，虽然嘴上说着要保护你，可每次冲出来为我打抱不平的却是你……”

“你说你把我当哥们儿，所以保护我是应该的，可你知道，我那时是怎么想的吗？”说到这里，宋轶有些微微红了脸，“我觉得你是喜欢我，像电视上说的，只有在喜欢一个人的时候，才会那样奋不顾身。”

宋轶再次抬起头的时候，眼睛里潋滟着水光，看得夏纾凌也有些鼻酸了。因为知道他接下来要说什么，而她又会回复他什么，总觉得把这一切美好都破坏的那个人就是她。

“后来，我们慢慢长大了，也渐渐习惯了彼此，不管做什么吃什么，都会聚在一起，大人们老说你是我的小媳妇，叫我不准欺负你，而每次，你都会坚决反驳，说你才不会嫁给一个连狗都怕的男孩子呢！”

“我知道你不喜欢懦弱的男孩子，你知道吗？为了训练胆子，我曾经去抢了野狗的食物，然后被狗追了好几条巷子，虽然躲过了野狗，但人却摔进了泥潭子里，别提有多狼狈了，不过我却很高兴，因为至少，我没有那么害怕狗了……”

“小轶……”

夏纾凌很想阻止他继续说下去，这些回忆有多深刻，一会儿的拒绝就有多伤人，要知道，她最不想伤害的人，就是他了。

宋轶从包里取出了一个小盒子，打开一看，是一枚白金的裸戒，没有那么多花哨的装饰，平凡又简单，却异常有分量。

“阿凌，我喜欢你！不知道是从什么时候起，就已经很喜欢很喜欢了，虽然我现在什么都没有，但是我发誓，我会尽我所能，给你最好的，你能答应我，做我的女朋友吗？”

终于还是说出来了，夏纾凌似乎再也控制不了自己的情绪，眼泪啪地夺眶而出，心里也开始犹豫起来，要不，就答应了吧？

这世上，难道还有比宋轶更爱你的男人吗？你现在或许是不喜欢他，但是保不齐以后会啊，很多老一辈的，不都是先结婚后培养感情的吗？

夏纾凌被这种想法驱使着，手开始慢慢地伸向那枚戒指。对啊，大师说的，珍惜眼前人，宋轶也是啊。与其痛苦地单恋着，还不如找个爱自己的，不用伤害宋轶，也能让自己解脱，不是就两全其美了吗？

在快碰到戒指的时候，忽然插过来一只手，打断了夏纾凌一切的纠结，也彻底终止了宋轶最后的那一点小希望。

“没想到你是个这么不负责的女人！”黎沂辰眼神冰冷，也不等在座的两位反应，拉着夏纾凌便要走。

“你干什么？”

黎沂辰的突然出现，的确吓到了夏纾凌，还差一点点，她就整理好自己的心意了，却因为他，再次变得凌乱不堪。

“放开她！”宋铁从座位上站了起来，拉住了夏纾凌的另一只手。

“我饿了，回去给我煮饭！”黎沂辰无视掉宋铁，转过头用一贯理所当然的口气说道。

“她不是你的保姆，没有义务给你煮饭！”宋铁稍一使力，把夏纾凌拉过来了一些。

“她是我的谁，跟你没关系！”

黎沂辰刚一说完，夏纾凌便大力地撇开了他的手，带着哭腔地冲他大喊道：“黎沂辰，这是我跟宋铁之间的事情，你插进来干什么？”

“如果这件事情里有你，就跟我有关系。”

“什么意……”

夏纾凌还没说完，黎沂辰便俯身吻住了她的唇。

夏纾凌被夺了呼吸，一颗心骤然跳到了嗓子眼，这个吻虽生涩笨拙，却霸道野蛮，带着一丝侵略，又带着一丝惩罚。

这一次，他没有梦魇，也没有醉酒，所以，他要怎么解释这突如其来的吻？

他有 LY，还有儿子，却又在公众场合吻她？夏纾凌突然一个恼羞成怒，顺手一巴掌扇了过去：“黎沂辰，你好过分！”说完，就哭着跑开了。

黎沂辰追了出去，而宋铁坐回了位置，继续吃他的牛排，边吃眼泪边掉。

他其实知道，即便是黎沂辰不出现，今天也会是这个结局，而为什么预知悲伤还非要大费周折呢？或许是想让自己这么多年却无处安放的感情，来一个正式的 Ending 吧？

有句话怎么说来着，只有跟喜欢的人做了朋友之后才知道，表白原来是一件极需勇气的事情，因为跟拥有她想比，更害怕的还是失去她。

这一次的表白，用尽所有的勇气，只希望你爱的人也能像我这样爱你，便一切都值得了。

第十一章 渐渐明朗的感情

01. 黎沂辰的告白

黎沂辰虽追了出去，却没有拉住夏纾凌，而是一路跟着她，直到家门口。

他希望这段路，可以让她冷静下来，而他，同样需要好好想想。

夏纾凌正准备关门的时候，黎沂辰一把把门扶住了。

“你想干什么？”夏纾凌的情绪似乎还未完全平静下来。

“你跟他在一起不合适。”

黎沂辰不等夏纾凌反应，直接推门进了屋，然后关门。

“我跟谁在一起是我的事，合不合适也不是你说了算。”夏纾凌气得眼泪夺眶而出，又委屈又难过。

“我说过，如果这件事情有你，就跟我有关系。”黎沂辰向前一步，“对，没错，我是不相信爱情这种东西，可是遇到你以后，我豁出去了，即便前面刀山火海，即便结局万劫不复，我都愿意承担……”

夏纾凌被这样的告白震惊得有些蒙了，呆呆地看着眼前的男人："你……的意思是喜欢我？"

黎沂辰又往前走了一步。

夏纾凌下意识往后退，却险些摔倒，黎沂辰连忙用手揽住她的腰。

"如果因为见不到你，脑子里就无意识地出现你的影子，如果你伤心难过，我心里也会不自觉地堵得慌，而看到你遇到危险，身体会不由自主地想要保护你，这些行为被称作喜欢的话，那我不否认……"

夏纾凌从不觉得能从他嘴里说出这么动听这么震撼人心的话，傻乎乎地还以为是自己的错觉，伸出手抚上了黎沂辰的脸，然后一使劲儿，拧了他一把，见他有反应，才知道这不是在做梦。

"可 LY……"

"这个我可以解释！"

"孩子都有了，该怎么解释？"

黎沂辰抱着夏纾凌的手紧了紧，反问："以你对我的了解，觉得我是那种滥情又不负责任的男人吗？"

滥情？这个词的确不是黎沂辰的标签，他的标签应该是绝情、无情之类的，而是不是一个负责任的男人，她还不敢断定，毕竟他可是用尽一切手段挖了她老宅的人。

"可是……"

夏纾凌还没说完，黎沂辰便整个头靠了过来，压在了夏纾凌的肩上。

"我饿了……刚刚没吃饭就去找你，回来的时候，也消耗了大量的体力……"

“哦，那我扶你过去休息一下，给你煮东西吃。”

算是妥协了吧？谁叫她面临的是自己喜欢的男人呢？一看到他虚弱的样子，母爱都快泛滥了。

怕他等太久，所以先调了一杯糖水给他垫垫肚子，此时此刻的他，在柔和的灯光下，仿佛褪去了尖锐的刺，像是刺猬露出了自己软软的肚皮，夏纾凌缓缓地吐了口气，有些难以形容此时的心情。

吃完饭后，已经很晚了，黎沂辰貌似还没有要走的意思，等夏纾凌收拾好厨房后出来，发现黎沂辰躺在沙发上一动不动，不知道是不是睡着了。

虽然刚才的谈话才进行到一半，而她也极度好奇他要怎么跟她解释，但一想到他的睡眠质量，便有些不忍心去叫醒他了。

直到第二天夏纾凌从房间出来，才发现黎沂辰居然在这里睡了一整晚。

而此时此刻，居然在逼着夏小悠给他准备早餐。

夏小悠一看老姐出来了，咚咚咚地跑过来，一脸委屈道：“老姐，他欺负我！”

黎沂辰一脸无辜地回了一句：“我饿了！”

夏纾凌有些啼笑皆非，她怎么就感觉自己养了一只只会喊饿的鸟宝宝呢？

虽有些无奈，但这样的感觉似乎也不错。

夏纾凌洗漱完毕后，去厨房准备了早餐，然后，三个人坐在一起吃，气氛多少有些怪怪的。

夏小悠再好奇，也不敢在饭桌上问。

“老姐，那我先去上班了啊……”

“等等！”

这话出自黎沂辰之口，让两姐妹不由得一惊。

“我送你！”

黎沂辰转过脸，居然对着夏小悠，笑了。

“啊？不，不用……”

夏小悠明显有些受宠若惊，可黎沂辰也不给人拒绝的机会，他转过头又看向夏纾凌，问道：“那你呢？要去哪里？我也可以送你过去。”

“啊，不……”

“我看你还是跟我走吧！不是还有事没解释清楚吗？”

没等夏纾凌说完，黎沂辰又替她做好了决定。

夏纾凌有些红了脸，虽然不知道他要如何解释，但是面对气场强大的 LY，她多少有些心虚，像是做了什么错事。

很久没有到过黎沂辰的公司，再次来，还是以这种不明不白的身份过来，夏纾凌有种手脚都无处安放的感觉。

张秘书一早就在门口迎接黎沂辰，一看到副驾驶有人，立马上前开门，而一看车里坐的人夏纾凌时，他竟有些小惊喜。

“好久不见啊，夏小姐！”

夏纾凌尴尬地回以一笑，看着门口还齐刷刷地站着其他迎接的人，瞬间有些尿了，要是以前，作为小尾巴，她可以无视这些，而现在，身份立场都好尴尬。

可能是察觉到了这一点，黎沂辰大步走了过来，然后拉着她的手："跟着我！"

他的手有些冰凉，握住她的手，却有种异常可靠的感觉。

这一举动足以震惊整个公司好吗？在早几年，黎沂辰在公开场合说了一句自己是不婚主义者后，便没有女人敢靠近他，他那"辣手摧花"、毫不怜香惜玉的本事，更是远近闻名，连 LY 也是他生意场上第一个合作的女人。

更何况对象还是一个相貌平平、穿着平平的女人。

眼尖的一眼就认出夏纾凌是当初总裁的那个小助理，身份一下子上升几个级别，整个公司不沸腾才怪。

这一路到总裁办公室，夏纾凌直感觉全身都被看出窟窿眼了。

"你在这里等一下，我打电话叫丹妮过来亲自给你解释。"

"啊？不，不用了吧……"

"我现在还有会，不能陪你，你要有什么需要的，找张秘书。"黎沂辰还朝张秘书嘱咐了几句，走到门口的时候，又不放心地折回来，"我很快回来。"

"啊，哦……"夏纾凌此时的脑袋早已经错乱了，这前后的反差，你叫她如何适应得了？

温柔又会关心人的黎沂辰？这些标签怎么想都不适合他。

等黎沂辰开会回来时，夏纾凌却不见了。

“夏纾凌呢？”

“她走了，叫我转告总裁，说是让她冷静一下。”张秘书回道，“说真的总裁，你突然这个样子，连我都有些受不了，何况是夏小姐。”

“什么意思？”

“总裁，你是不是突然间跟夏小姐告白的？”

“算是吧……”

“那你有没有问过她，是不是也喜欢你？”

黎沂辰仔细一回想：“好像……没有！”

张秘书一副早就知道是这样的表情叹了口气：“所以说啊，总裁是把夏小姐给吓跑了……”

“她不喜欢我吗？”黎沂辰貌似真的没有想过这个问题，他以为他已经明确自己的态度了，她就应该接受才对，却没想过，她是否也喜欢自己。

“那现在该怎么办？”

张秘书托着下巴，想了想：“总裁你就试着追一下夏小姐吧……恋爱前，这个过程好像是必经的……”

“我追她？”黎沂辰觉得这个词相当的陌生。

“嗯！总裁您总得让人家知道您对她爱得有多深，愿意做到哪个地步吧？”

“好了，你先出去，让我冷静冷静。”

黎沂辰皱了眉，坐在旋转椅上苦想了半天，他从没有追求过谁，连看都没看过，那究竟该怎么做呢？这种茫然无措的感觉，还真是破天荒头一次。

他摸出手机给夏纾凌打了个电话过去，可对方在响了两声后，就给挂断了。

黎沂辰便更是无解了……

这到底是什么情况？

02. 胆小的夏纾凌

两人的关系一下子僵持了，夏纾凌因为害怕和慌张，有些躲着黎沂辰，而黎沂辰，在没想好接下来要怎么做之前，也不会贸然去找她。

追女孩儿？这词原本就不在黎沂辰的字典里，他不知道怎么做，就算知道，他或许也不会去做，幼稚？放不下身段？不，而是这些情节，不应该出现在他黎沂辰的人生里，他会觉得彷徨，觉得超出自己能掌控的范围。

“那个，总裁，您要是什么都不做的话，很可能会失去夏小姐的……”

这明显是皇帝不急急死身边的张太监啊……

“夏纾凌也没说要我去追她，你是怎么断定的？”黎沂辰想了好几天也没想明白的问题。

“这……不是常识吗？”张秘书小声嘀咕着。

“你是想说，我是个常识都没有的人吗？”

“不不不！总裁，你误会了，我的意思是，当局者迷旁观者清，这女孩儿的心思啊，就是比较难以捉摸，有些时候，需要我们男人，主动一点……”

“那要不你帮我追？”

张秘书吓得差点一跪：“总裁，这哪能啊？哪有自己女朋友，还要别人帮忙追的？”最后一句是小声嘀咕的。

“那你去写个完整的方案给我！”

“啊？”张秘书以为是自己听错了，他还是第一次听说，追女孩子还要别人给写一个完整的方案，不过细细一想，也的确只有他能做得出来。

“哦……”张秘书应了一声后，退出了办公室，走之前看着总裁那一副焦虑皱眉的样子，他第一次觉得，这样子的总裁看上去居然莫名地有些可爱呢！

这几天，夏纾凌基本连门都没有出，怕一开门就碰到黎沂辰，更怕一下楼就会碰到宋轶。她也不是那种畏畏缩缩的人，怎么遇到这种事情，却只能缩在乌龟壳里呢？

“姐，说真的，我觉得小轶哥和黎沂辰，各有各的魅力，你看，小轶哥温暖贴心阳光帅气，而黎沂辰呢，虽冷血狠戾，但是他多金啊！你知道有多少人想要嫁给这个钻石王老五吗？最重要的还是，他颜值在线，看着很是赏心悦目啊……”

夏纾凌一看到夏小悠犯花痴的表情，就忍不住一本书砸在她的头上。

她现在本来就够烦的了，还有只麻雀在身边不停地叽叽喳喳。

“我就是想不通，像黎沂辰那种冷血无情的男人，怎么可能会喜欢上我？”夏纾凌抱着抱枕一脸的匪夷所思，“小悠，你说，难道是我身上有他想要的利用价值吗？”

夏小悠鄙视的从头扫了一下夏纾凌，摇摇头：“要身材没身材，要长相没长相，而且就你的学历，也没办法在生意上帮到他……你这么一说，我还真是有些想不通了，难道会是那些恶俗的小说情节？什么霸道总裁就喜欢一无所长的盛世白莲花？”

“啪！”

夏小悠话还没说完，夏纾凌又是狠狠一砸：“闭嘴！从你嘴里就说不出好听的话！”

正在这时，门口突然响起敲门声，夏纾凌心里一咯噔，有种不祥的预感，夏小悠想要去开门，被她一把拉住。

“请问有人吗？我是抄水表的！”

一听是别人，夏纾凌缓了一口气，却又忍不住有些失落。

这些天，黎沂辰没来找过她，一次电话一条短信也没有，想着是不是因为她的怯弱，而失去了唯一一次可以跟他更进一步的机会。

夏纾凌趿拉着拖鞋去开门，开门的瞬间有些傻眼了，因为黎沂辰就站在抄水表的那个大妈旁边。

夏纾凌下意识地把门一推，都不用黎沂辰出手，大妈便把门撑住了。

“嗨，既然都在家了，干吗又关门？我可不想再跑第二趟了啊！”大妈理直气壮地推门而入。

“我有事跟你谈！”黎沂辰晃了晃手里提着的公文包，也不等夏纾凌反应，便不请自入。

夏小悠一看黎沂辰走了进来，尖叫着跑进了房间去了，天啦，她还穿着睡衣，蓬头散发的怎么见男神？

黎沂辰找个地方坐下，把公文包打开拿出了一摞文件摆放在夏纾凌的跟前。

“这是我所有的动产和不动产，只要你愿意，我会叫律师把你的名字写上去。”

夏纾凌傻了眼，还以为是自己听错了，面部表情一下子就僵硬了：“什……什么意思？”

“不够明显吗？从法律的意义上来说，能够分我财产的，除了家人，就是家属。”

夏纾凌嘴角不舒服地抽了抽，有点震惊于黎沂辰此时说的话。

“Oh，my god！”在后面偷听的夏小悠，不由得张大了嘴，这应该是她见过的最霸道的表白方式了，试问哪个女人经得起这样的诱惑啊？傻姐姐啊傻姐姐，快点答应啊，这样以后就有肉吃了……

“这小伙子实诚，要是我有这么个女婿，做梦都笑醒了。”一旁抄水表的大妈也忍不住感叹。

看夏纾凌傻傻地看着他，黎沂辰长吸了一口气，想了想后说道：“我知道，当初拆了你的老宅，你对我一直都心怀芥蒂，不过你只要愿意，我可以按照你老宅原来的样子，在原来的地方重建一个……”

“停停停……”

夏纾凌连忙摆手阻止黎沂辰继续说下去，本来他的到来，就已经很让她没有心理准备了，这一番话下来，更是让她寒毛直竖，甚至有点毛骨悚然的感觉。

“我记得以前你说过，你不需要亲情、友情，甚至爱情，所以，你现在的行为，你不觉得奇怪吗？”

“我也觉得这很不像我自己，可是，我只要看到你跟别的男人在一起，心里就会又闷又烦，如果这叫爱情，可能是吧……”

也不知道黎沂辰是害羞还是什么，此时此刻，竟有些不敢正视夏纾凌，眼神飘忽，像是做了什么亏心事的样子。

或许是那个梦在潜移默化地影响着他，或许他不想像陆鼎生那样，爱而不得，又或许只是他内心那个叫爱情的种子忽然被浇灌发了芽，所以，这一切原本他没有的情绪和感觉，才会如暴雨般侵袭了自己那毫无防备的心。

这样的感觉，虽然让他彷徨无措，却又不那么令人讨厌，相反的是，他还会有些许的期待。

“或许你只是很少接触女人，如果换作是其他人，两个人相处久了，也会有这种心情的，这是连朋友都会产生的嫉妒心，并不一定就是爱情……”夏纾凌垂着头，绞着手指，心里始终还有那么一丝丝的不确定，她怕她不顾一切地向他扑过去，然后发现他对她其实不是爱情，到时候，他能全身而退，而她，就只有万劫不复。

两人沉默了大概十分钟后，黎沂辰把桌上的文件收了起来。

就在夏纾凌以为他就此要放弃的时候，他说了一句话：“我饿了！”

然后夏纾凌条件反射性地“哦”了一声，起身便去厨房忙活了，等自己反应过来的时候，饭都已经煮熟了……

人的潜意识真是可怕，做了他没多久的保姆，就已经慢慢地形成这种喂食的条件反射，天啦，她都快成鸟妈妈啦！

吃饭的过程跟以前一样，相当安静，夏小悠坐在两人中间，左右顾盼两人的神情，真是快要别扭得结食了，可无奈，此时说话，会更尴尬的吧？

黎沂辰吃完饭后，优雅地擦了擦嘴，然后坐直身体，直直地看着对面的夏纾凌。

“以后每天的晚餐，我会定时过来吃的，如果有必要，我还会住在这里，因为……”黎沂辰看了眼客厅的沙发，“我发现你这里比较好睡……”

黎沂辰说完便起身欲走，夏纾凌噌地从座位上站起来：“喂，我好像已经没有义务给你做晚饭了吧？”

黎沂辰转身温和一笑，直接把夏纾凌看得心神荡漾：“不是义务……是让你感受一下，我们之间到底是不是爱情。你放心，饭钱我会付的！”

说完，他便头也不回地离开了，留下夏家两姐妹呆愣在原地面面相觑。

“我去……黎沂辰居然会笑？而且笑起来居然这么摄人心魄？天啦……我都快融化了……”夏小悠捂着脸，又犯起了花痴。

这样的冲击，对夏纾凌而言，又何尝不是见了鬼？

03. 大 Boss 也厚脸皮

接下来的一段时间，黎沂辰果然每天都会准时报到，刚开始夏纾凌不想去开门，可后来黎沂辰收买了夏小悠，这个没有一点立场的家伙，不仅每天积极地去开门，不在的时候，还直接把钥匙塞给了黎沂辰。

夏小悠的暑期很快结束了，为了不当那个闪耀的电灯泡，开学第一天，她便大包小包搬去了学校宿舍。

“老姐，你给力点，说不定等我下次回去的时候，都可以当小姨了！”

“闭嘴吧你！”夏纾凌习惯性地敲了一下夏小悠的头。

“其实，黎沂辰当我姐夫也蛮不错的，你看，开那么豪的车来送我上学，同学们都羡慕死了！”夏小悠说完还朝不远处靠在车旁的黎沂辰挥了挥手。

“赶快进去吧你！”夏纾凌实在受不了这气氛，连拖带拽地把夏小悠拖进学生宿舍。

返回的时候，夏纾凌的手机响了，居然是许久未联系未见面的宋轶打过来的。

夏纾凌这段时间被黎沂辰所造成的假象困扰，还真没想起过宋轶，不由得有些心慌。

“喂，小轶？”

“阿凌，我开了家小咖啡店，你有空的话，过来坐坐？”

“这么快？”

夏纾凌是知道他有心学咖啡就是为了开一家咖啡店，却没想到，在短短的一两个月就开好了。

“嗯，把黎沂辰也叫上吧！”

“啊？”

“我知道你们在一起！”

不知道才怪吧？毕竟在同一个小区，这黎沂辰毫无掩饰一点都不低调地进进出出，别说是他了，整个小区都快知道了。

夏纾凌本想拒绝的，可宋轶已经挂断了电话。面对黎沂辰，她已经很别扭了，如今，要三个人面对面地坐着，这该如何是好？

宋轶的小咖啡店离他家的小超市不远，周围的环境还算不错，咖啡店虽小，装修却格外别致，文艺又温馨，配着优雅的背景音乐，一下子就能让人放松下来。

许久未见宋轶，夏纾凌站在门口时，有些犹豫了，倒是宋轶，看到她，不仅没有一丝别扭，还特别热情，就像他们之间什么都没有发生过似的。

宋轶剪了头发，比原来要短，不过看起来整个人精神满满，依旧是那么阳光帅气。

“尝尝看，味道怎么样？”

夏纾凌跟前放的一杯卡布奇诺，上面的拉花是一个长发女孩子，成品漂亮得不像是新手做出来的，想必是下了很大的工夫。

夏纾凌端起咖啡杯喝了一小口，此时的她哪里尝得出是什么味道，喝完后，抿嘴一笑：“嗯，不错，那个，打算什么时候开业啊？”

“嗯，下周一吧！到时候你一定要来给我捧场哦！”宋轶笑得灿烂，不过也看得出夏纾凌的别扭，于是站起身，“你先坐着，我去给你拿一份点心。”

夏纾凌刚想说不用，宋轶便已经笑着离开了，她抬起头，看着坐在窗边始终不语的黎沂辰，烦躁地绞着手指。

“那个……今天谢谢你送我小妹去学校……”夏纾凌试着找些话题缓解尴尬。

“不用谢，应该的！”黎沂辰说得轻描淡写，随手端起桌上的咖啡轻抿了一口，顿时味蕾被一种苦到发指的味道侵袭。他不由得看了眼在吧台忙活的宋轶，嘴边轻轻地说了两个字，“幼稚！”

“啊？你说什么？”

“我说什么时候可以走，现在这个点，去买菜准备晚餐，应该差不多了……”

“整天就知道吃吃吃，真把我当鸟妈妈了……”夏纾凌小声嘀咕着，心里面其实是有些抗议的吧？人家男孩子追女孩子，都是去约会啊什么的，只有她，每天像个保姆似的给他做饭吃，我说大总裁，你稍微有点情商好不好？

“你说什么？”

“我说你付的饭钱不够，我要加钱！”

夏纾凌气鼓鼓地吼了一句，端起咖啡喝了一大口，却因太莽撞，咖啡洒在了衣服上，于是起身去找卫生间去了。

黎沂辰茫然地“哦”了一声，而后笑了：“嫌少就早点说嘛，我是那种小气的人吗？”

如果夏纾凌现在还坐在这里的话，一定会回答一句“是”。

想当初，连杯咖啡都不请人喝的人，你不小气谁小气？

没有了夏小悠这个神助攻，黎沂辰开始吃闭门羹了，哪怕有钥匙，也进不了夏纾凌的家了。

“我可是给你加了钱的，为什么不让我吃饭？”

“今天不舒服，不想煮饭！”

“哪里不舒服？要不要我叫救护车？”

“不用！”

之后，救护人员真的来到了她家门口，发现只是恶作剧后，被严肃批评了一番，夏纾凌下次再也不敢说自己哪里不舒服了，黎沂辰那个人太容易较真。

第二天，黎沂辰依旧没有进得了屋，无奈之下，他拨通了张秘书的电话。

“天啦，总裁，为什么好好的一份策划案，到你手里就全变味了呢？”

“我看是你的策划案有问题吧？”

“好吧……”张秘书深知跟总裁斗嘴是没有什么好下场的，于是眼珠子一转，横生一计，“那个……总裁，你不是有低血糖吗？如果你晕倒在夏小姐门口，她不会不管的！”

“你是要我演戏？”

“特殊情况特殊处理嘛！”

说完，张秘书便找借口挂断了电话。

电话挂断的那一刻，他才稍微松口气，一旁的他的老婆忍不住八卦了：“你们说的那策划案，难道就是你上次向我取经的追女宝典？”

“对啊！不过谁知道，相同的策划案，放到不同人的手里，会产生不同的效果。”

“什么效果？”

“第一，我们不是说，追女孩儿首先要拿出自己百分之百的真诚吗？你猜我们总裁是怎么做的？”

“不会是给钱吧？”

“咦，你居然能猜到？不过，像总裁那样的金主，拿钱是有些俗气，他可是把自己所有的动产不动产都拿去了，说什么，只要愿意，可以写上对方的名字。”

“哇……不是吧？”张秘书的老婆捧脸震惊，“果然够真诚，是我立马就答应了！”

张秘书摇摇头表示叹息和震惊：“难道这样就是真诚？”

“这不废话吗？只有没钱的男人才会用甜言蜜语和不切实际的行动表诚意，有钱的男人，只要大手一挥，不管什么，还不都是手到擒来？”

张秘书白了一眼自己的老婆，小声嘀咕了一句：“低俗！肤浅！”

看来像夏小姐那么坚守原则的女人是越来越少了……

“看来少了我这个神助攻可不行……”突然，张秘书笑得有些意味深长。

黎沂辰不是那种会装腔作势的人，所以让他装晕倒什么的，实在是有些放不下身段，万一被识破，那他以后还怎么做人？

正在纠结懊恼的时候，张秘书发了一条短信过来：“总裁，夏小姐应该马上就会来给你开门了，所以，装得像一点啊！”

黎沂辰一看，震惊之余根本来不及反应的时候，门真的开了，迫于无奈，只好顺水推舟了，双腿一软，一副马上就要与世长辞的病态出现了……

“你是傻瓜吗？我不开门你就自己去找吃的啊……”夏纾凌连忙过去搀扶，眉心拧成了川字，担忧写在脸上。

“你知道，我不习惯外面的饮食……”

黎沂辰心里滑过一丝丝的小窃喜,原来那个他不屑一顾的装腔作势，居然会这么有用……

夏纾凌把黎沂辰扶到沙发躺好，然后去厨房调了杯糖水端了过来。

“起来把这个喝了吧，会好一点！”

夏纾凌刚想把黎沂辰扶起来坐直，黎沂辰却突然一把将她拉入了怀里，结实的胸膛，成熟男人散发出的淡淡香味，一下子侵袭了夏纾凌的大脑，他的手臂强劲有力，她根本反抗不了。

“你要我怎么做，才肯相信我是真的喜欢你？”

因为贴着胸口，所以原本低沉的嗓音，变得更加有磁性，夏纾凌的心早已经不受控制地怦怦乱跳了。

“我不是不相信你，而是不相信我自己……”

夏纾凌心里有太多的顾虑、太多的纠结，她从未试着放开一切去喜欢一个人，况且还是自己可望而不可即的黎沂辰，所以，没有百分之百确认对方的心意前，她不敢贸然接受。

黎沂辰从沙发上坐起来,双手握住夏纾凌的肩膀,眼神深邃而又深情,仿佛无底的深渊，一下子把夏纾凌拉入沦陷了。

“我这个年纪的男人，不会再像其他小年轻那样，费尽心机地去追一个女孩子了，我没有为谁心动过，我也以为我这辈子可能都会是孤身一人，可是幸好，命运让我遇见了你，让我的世界变得不那么单调无趣，所以，我试着让你走进我的世界，是为了让你来救赎我……”

“可是……”

“我会给你时间考虑，这段时间我也不会再来烦你，但是我希望，你不会让我等太久。”

没等夏纾凌说完，黎沂辰便起身欲走，走的时候看到桌子上的那杯糖水，又返回来喝了一口。

“如果你想要的，是我不能给的，我不会再缠着你，但如果你也喜欢我，那么以后的一切阻碍都交给我，我来解决！”

第十二章 逐渐打开的心扉

01. 回到最初的关系

黎沂辰的那一番真挚告白，成功地让夏纾凌失眠了近两个晚上，第三天从床上爬起来的时候，黑眼圈已经可以和国宝相媲美了。

好不容易闭上眼睡上一会儿，谁知还是被一大早的敲门声给叫醒了。

愣了两秒后，夏纾凌忽然清醒了过来，难道是黎沂辰又来了？

于是，连拖鞋都顾不上，光着脚跑去开了门。

“早上好，阿凌！”

一开门，看到的是宋轶那满脸灿烂的笑容。

一看夏纾凌脸上浮现出的一丝小失落和小诧异，宋轶玩笑道：“怎么，看到是我来，很失望啊？”

夏纾凌连忙摆手：“没，没有啦！只是没想到，你会来找我！”

“小悠去上学了，家里就你一个，我最近忙着咖啡店的事情，都把你忽略了，趁着今天休息，来关心一下你！”

宋轶说完晃了晃手里的早餐，然后像平时两人相处的那样，自己进了屋，看到屋里乱作一团，还热心地帮忙收拾。

“小轶……”

说不感动是假的，这几天除了烦心黎沂辰的告白，还一直烦心着以后跟宋轶的相处，可如今一看，宋轶还是以前的宋轶，而她，倒却有些放不开了。

“哎哟，看看你这样子哦，女人果然不能单独在家……”宋轶走了过来，用手理了理夏纾凌那乱糟糟的头发，眼神含笑，语气温柔，可这样的动作，却让夏纾凌下意识地后退了小半步。

宋轶悬在半空的手有些尴尬，但而后他微微一笑，很是从容地说:“怎么，做不了情人，连朋友也不能做了？”

“没有啦，小轶……”夏纾凌想要解释，却无奈找不到合适的话，只有埋着头，暗骂自己没用。

“好了啦，赶紧去洗漱，来吃早餐吧！吃完早餐，我还要请你去我咖啡店帮帮忙呢！”

“帮什么忙？”

“要开业了，忙的事情还蛮多的，有你在，我会轻松许多。”

听到宋轶这么一说，夏纾凌真是愧疚死了，一直以来，都是宋轶在帮她，她从来都只知道接受，相比之下，她这个朋友，真是当得太失职了。

“好！”夏纾凌爽朗地应了一声，整个人瞬间精神了不少，在卫生间刷牙的时候，看着镜子中自己狼狈又颓废的样子，真是恨不得扇自己两个耳光。对啊，有什么事情是不能面对的呢？她夏纾凌什么时候变成了只会缩在乌龟壳里的胆小鬼了？

到了咖啡店后，有了事情做，便没空去烦恼那些事，夏纾凌擦拭洗手间的镜子时，宋轶突然慌慌张张地跑了进来。

“一会儿要是有个女人来找我，就说我不在啊！”说完没等夏纾凌反应，他便把自己反锁在了洗手间。

夏纾凌正不解的时候，果然冲过来一个女人，一头波浪卷，衣服的穿搭也十分奇怪，不过面相看上去，倒还漂亮标致。

“那个，你看到宋轶了吗？”

“你是？”

“我是他女朋友，你是他店里的员工吧？那你知道你老板去哪里了吗？”

夏纾凌震惊地瞪大了眼睛，宋轶什么时候有的女朋友？而且还是这种“款式”的？

“啊，他说要去采购，所以没在店里。”

“那你知道他去哪里采购了吗？”

夏纾凌摇了摇头，有些许尴尬，不过那女孩儿倒也没怎么怀疑，走的时候嘴巴咕哝了一句：“奇怪了，明明刚刚有看到他的影子的……”

确定女孩子离开了后，夏纾凌去敲了敲洗手间的门。

“小轶，你什么时候交女朋友了？居然不告诉我？”

宋轶把门打开一条缝儿，轻声问：“她走了吗？”

夏纾凌点了点头，宋轶这才放心从里面走出来：“哎，别提了，还不是上次去那个什么 LY 的生日宴招惹到的女人……”

这么一说，夏纾凌倒还有些印象：“不会就是那个和你一起跳舞的女孩子吧？”

“对，没错，就是我跟你说的，那个丑女人……”

夏纾凌捂嘴偷笑：“其实，我觉得她挺可爱的，一点也不丑……”

夏纾凌正暗叹缘分的奇妙时，电话突然响了起来，居然是张秘书打来的。一般情况下，他打来电话，都是跟黎沂辰有关的事，所以，她不免心里一咯噔。

“我先去忙了，你要是有事，就先去忙吧，不用跟我说了。”看到夏纾凌的表情，宋轶多少能猜到一点什么，所以识趣地走开了。

夏纾凌深吸了一口气后，接起了电话。

“什么？黎沂辰的妈妈去世了？”

02. 黎沂辰的阴影

夏纾凌赶到灵堂时，并没有看到黎沂辰的身影，来祭拜的人也不多，而老先生孤独地坐在轮椅上，盯着灵堂中间的照片出神。

夏纾凌不知道怎么安慰老先生，只有深深鞠上一躬，然后静静地站在他旁边。

“如果她没有遇到我，现在应该很幸福！”老先生的声音有些嘶哑，语气中夹带着浓浓的伤感和叹息。他转过头看向夏纾凌，让夏纾凌有些恍惚，这才多久没见他呢？竟然一下子苍老了这么多？

她可能无法理解他们之间的感情，缘由何起，又奈何爱而不得，不过从老先生的眼里，她看到了深深的自责和无奈。

“小夏啊，你帮我去看看沂辰吧。我知道他虽然没有来这里，心里一定很难受。见到他后，替我向他说一声‘对不起’。”

“那老先生，您能告诉我，你们父子之间，究竟存在什么误会吗？”

……

通过黎华盛断断续续的叙述和张秘书后期的补充，夏纾凌大概理清了整件事的始末。

黎华盛当年很是喜欢黎沂辰的妈妈何欣瑶，可无奈何欣瑶有男朋友，而且感情还非常好，所以，为了把爱的女人留在身边，黎华盛便用了各种手段逼走了她的男朋友。最后何欣瑶的男朋友实在斗不过家大业大的黎华盛，便跟何欣瑶提出分手，之后便出了国，从此杳无音信。

后来，黎华盛终于如愿以偿地娶了何欣瑶，并在次年生下了黎沂辰。原以为有了他们的孩子后，何欣瑶会对这个家庭有感情，可谁知，她却越来越不开心，慢慢地，患上了抑郁症，整日整日地把自己关在房间里。

在黎沂辰十岁那年，何欣瑶无意中得知自己的男朋友当初不是出国，而是出车祸身亡了，有些受不了这个刺激，便在自己的房间里割腕自杀了，虽然经过抢救，性命无忧，但之后，她的精神状况越来越差，黎华盛无奈，只得把她送进了精神病院。

而年仅十岁的黎沂辰，目睹了整个事情的经过。

看着自己的妈妈躺在浴缸里，血染红了整个池子，嘴角虽然含着笑，但眼里却满满的都是绝望和悲痛，这样的冲击，便成了他日后无法安眠的心理阴影。

父亲的自私占有，让他不相信世上有纯粹的爱情，而母亲狠心抛下他，让他也无法信任亲情，至于友情，他从小就没有过。

……

听完这个故事，夏纾凌不禁唏嘘，也难怪黎沂辰变得如此这般冷酷无情，这换作是她，也未必受得了这样的打击。可讨厌归讨厌，毕竟是自己的亲生父母，母亲的离去，他不可能装作若无其事。

夏纾凌来到了黎沂辰住的那个公寓，敲了半天门也没回应，她便硬着头皮输入了密码，然后门一开，在门口看到了黎沂辰的鞋子。

屋子里没有开灯，窗帘也全都拉起来了，明明是白天，这里却暗得有些让人压抑。夏纾凌刚迈进屋，一股酒味便弥漫而来，然后从沙发后面，滚出了一个易拉罐。

夏纾凌缓步走了过去，看到的便是靠坐在沙发背后的黎沂辰，衣衫不整，头发凌乱，一塌糊涂，再也不是平时严谨的他。

地上到处都是易拉罐，还有一个摔碎了的相框，这个相框夏纾凌见过，就是黎沂辰放在床头的那个，之前只看到了照片的背面，而此时，却看到了正面，是一个年轻女人抱着孩子笑得灿烂的照片，只不过被揉皱了。

“酒量这么差，还一个人买醉哦？”夏纾凌也顺着坐了下来，拿出一罐啤酒打开，喝了一小口。

黎沂辰估计是没料到夏纾凌会来，有些惊异。

他从地上艰难地站起来：“我今天心情不好，你改天再来找我吧！”说完，便摇摇晃晃地准备往卧室走。

夏纾凌也顾不了那么多了，起身从后面就抱住了他：“黎沂辰，没关系的，你有什么难过，有什么悲伤，都告诉我，我会想办法去安慰你，去帮你分担一点。”

听到这样一番话，黎沂辰心里某处柔软的地方顷刻间塌陷，夏纾凌明显感觉他整个身子都在抖，然后，一滴热泪滴在了她的手背上。

黎沂辰哭了，那个无情到无视一切情感的男人，竟然脆弱地哭了。

夏纾凌想要松开手，跑到他跟前去安慰他，可他按住了她的手，不让她乱动。

夏纾凌意识到可能他不想让她看到他脆弱的一面，所以加大了力度，把他抱得更紧了，然后轻声哄着他：“没关系，黎沂辰，我会一直在你身边陪着你的。”

可能是喝多了酒，也可能是伤心过度，到了晚上时，黎沂辰开始有些发烧，夏纾凌忙前忙后地照顾着他，然后听到他不断的梦呓声：

“你永远那么自私，永远只为自己活……”

“你知不知道，我很爱你……”

“我永远不会原谅你……”

“妈……”

看到这样的黎沂辰，夏纾凌莫名有些心疼，虽然表面上对他好像很了解，冷酷、果断、无情、淡漠、孤独，有些时候还有些难以捉摸，但细细一想，关于他，她知道得太少太少。

第二天，黎沂辰还没醒，LY 就来拜访了，一开门看到夏纾凌也在，她貌似一点都不惊奇，还说了句：“有你在，我放心多了。”

后来，夏纾凌才知道，LY 跟黎沂辰的关系。

LY 从小就跟黎沂辰认识，因为年纪比他大，所以一直以姐姐自居。黎沂辰妈妈出事那年，LY 一直陪在他身边，即便黎沂辰一点也不领情，她也不放弃，其实，那些年，若不是她的耐心陪伴和开导，兴许就没有现在的黎沂辰了。

所以，在黎沂辰的项目出现问题后，她就在第一时间出现来给他解围了。听完这些，夏纾凌终于释怀了不少，黎沂辰身边的 LY，不就跟她身边的宋轶是一样的吗？亦亲亦友，只是不同的是，宋轶一直喜欢着她，而 LY，一直都充当着姐姐的角色。

“Leo 生下来就没有爹地了，只怪我遇人不淑吧。孩子小的时候总是会问‘我爸爸是谁啊’的问题，某天，我被问得有些烦了，就拿了黎沂辰的照片给他看，所以，小家伙就一直认为他是他爹地。”

夏纾凌了然一笑：“原来是这样！”

“不过你不用担心，Leo 现在长大了，他已经知道黎沂辰不是他亲爹地了，只是一直叫习惯了，有点改不过口……”

“啊，没有啦，我觉得 Leo 挺可爱的……”

LY 突然这么正经地给她解释，夏纾凌多少还是有些尴尬，毕竟她跟黎沂辰，还没怎么样呢！

“之前之所以故意跟他搞暧昧，也是为了刺激你。作为女人，其实我看得出来，你很喜欢他，对吧？”

夏纾凌脸一红，想要矢口否认，却又觉得假，于是抿了抿唇，害羞地低下了头。

“好了，我得去公司忙了，沂辰这几天，就麻烦你照顾了！”LY 说完起身便走，走到门口的时候，她忽然转过头冲夏纾凌一笑，“谢谢你，能走进他的心，不要再让他一个人了……”

夏纾凌有些被吓到，但随后回以一笑，一切尽在不言中了。

黎沂辰昏睡的这两天，做了很多琐碎的梦，有梦见小时候跟妈妈一起追逐打闹的画面，也有让他一直失眠到现在的妈妈自杀的画面，还会梦见陆鼎生和若兰，相知相守却不得不分离的画面。

种种的梦魇交织在一起，黎沂辰的额头布满了细密的汗珠，夏纾凌一直守在他床边，无微不至地照顾着，人看上去也有些憔悴。当她正拿着毛巾给黎沂辰擦汗的时候，黎沂辰忽然睁开了眼，从床上弹坐了起来，把她吓得毛巾都掉在了地上。

黎沂辰一看夏纾凌在旁边，二话不说，便把她揽入怀中。此时的他，犹如受惊的小猫一样，她轻拍着他的背安慰着。不知道这样抱了多久，黎沂辰有些瓮声瓮气地说了句：“我饿了……”

夏纾凌一听，释怀一笑，轻轻地叹了口气，看来她这个鸟妈妈是要一直做下去了……

03. 求婚

这件事过去三个月后，黎沂辰才渐渐从悲伤中走出来。这段时间，夏纾凌为了照顾他，一直住在他的公寓，充当他称职的“保姆”。

黎沂辰每天还是会去公司上班，到点也会准时回来，夏纾凌每天像个“小媳妇”一样守在门口等着他，怎么看都有点像在过婚后生活了。

“明天跟我去个地方。”晚饭时，黎沂辰忽然开口。

“嗯？什么地方？”

“带上你的户口簿。”

夏纾凌刚要放进嘴里的肉丸，啪嗒掉了下来，滚到了地上，张大的嘴巴久久不能闭上。

“我现在不能给你一个体面的婚礼，但是可以先给你一个正式的名分。”黎沂辰似乎并不觉得自己的话有多唐突，眼神虽然看上去很是真诚，语气却不知道哪里来的理所当然。

“不，不用这么快吧？阿姨才刚走……”

对于女孩子来说，这相当于在求婚啊！这么重要的仪式，居然被他这么一语带过了？再说了，关于结婚什么的，她根本就没想那么远啊！

“我以为你肯愿意来找我，就应该做好这个心理准备了。”黎沂辰刚刚还理所当然的眼神忽然变得不确定了。

面对这个感情世界一片空白的黎沂辰，夏纾凌还真的不知道该怎么跟他解释，明明是个在商场叱咤风云的人物，在面对爱情这一块，居然还不如一个孩子。

“你不用照顾我的情绪，我没什么的，只要能这么陪着你，我就已经很知足了。”夏纾凌尽量把话说得委婉。

“可是这样是不对的！”黎沂辰放下碗筷，突然变得严肃起来，夏纾凌有些被吓到。

“你已经跟我住在了一起，要是我没给你名分，别人就会误会你是那种随便的女人……”

“咳咳咳……”夏纾凌被这句话呛了嗓子，“可是我们并没有做什么啊？”

对啊，分房睡，最多拉拉手，抱一抱，并没有更进一步的亲密行为啊？

“那是我在忍！”

“啊？忍，忍什么？”夏纾凌不由得脸一红。

“你难道不知道，有些行为，是要两个人结婚以后才能做的吗？”

“……”

此刻的夏纾凌好想遁地啊，一方面是没想到黎沂辰的思想会这么守旧，另一方面则是他居然会脸不红心不跳地说出这些话。

“呵呵，还是再等等吧！再等等……”

呼，尴尬的话题终于就此打住！

晚上，黎沂辰下班后回家，发现饭菜摆在了桌上，而桌上放了一张字条：为了不让别人误会，我搬回去了，不过你放心，饭菜会准时给你备好的。

黎沂辰看后，脸上露出一丝不悦和委屈。

他自认为没有说错或做错什么，为什么最后两人却越来越远了？好像真的变成雇主和保姆的关系了……

实在想不通的黎沂辰，给张秘书打去了电话。

张秘书一听这事情的来龙去脉，忍不住在电话里捧腹大笑。

“你是不是明天不想来上班了？”

“没有！”张秘书立马收住，“不过总裁，你也真是太不懂女孩子的心思了，不过也对，对于恋爱零经验的你来说，确实有些难。”

“说重点！”

“一般呢，从朋友到恋人再到夫妻，是需要过程的，总不能人家一接受你的告白，就等于要嫁给你了吧？”

“为什么不可以？”

“当然，也不排除闪婚的可能性，但是总裁，求婚什么的，起码还是要有个仪式什么的吧？你这样太过直接，是很容易把女孩子吓跑的。”

“那你再去写份报告给我！越详细越好！”

“……”还没等张秘书反应，黎沂辰便挂断了电话。

哎，总裁啊总裁，你怎么把恋爱当作学习了呢？不过，符合你的人设，符合你的风格，可是，苦了我这位当秘书的啊！

早上一大早，夏纾凌还没醒，门外便响起了敲门声，打开门一看，居然是黎沂辰。

“这么早啊？是不饿了？我去给你准备早餐！”说完夏纾凌便准备去忙活。

黎沂辰一把拉住了她的手：“早餐我已经吃过了，你上次说要带我去一个地方，今天我刚好有空，一起去吧？”

夏纾凌茫然地眨巴了下眼：“我有说过吗？”

“有啊，就是你在给我当助眠师的时候说的，只不过那天我把你 fire

掉了。”

“啊……那个啊！”夏纾凌恍然，这事他要不提，她早就忘记了，想当初是想要折磨他来着，没想到这家伙居然还记得。

“本来是想带你去爬山看日出的，你现在突然提出来，我还什么都没准备呢！”

“没事，我叫人准备，你去换衣服吧！”

“真的要去啊？我看你平时都不怎么运动的，怕你吃不消。”

“我没你想的那么弱，你以为我的私人健身房只是摆设啊？”

“那好，你先坐一下等我。”

不过是平常的对话，可是夏纾凌却感觉到了满满的幸福，这算不算两人之间的第一次约会呢？

终于不用再在厨房忙活了，只是去爬山的话，就没办法穿漂亮的裙子，夏纾凌站在镜子前，很是纠结了一会儿装扮。

可事实上，一切的忧虑都是没有必要的，半个小时后，张秘书便派人送来了一整套的装备，当然，包括登山服。

穿着情侣款的衣服，感觉倒还不错。

今天的天气不错，只是山路比较难走，起初黎沂辰一个人勇往直前，只顾着自己，夏纾凌不知道在他后面翻了几个白眼，直到黎沂辰转过身，发现远远落后的夏纾凌，才知道自己没有顾及“女朋友”的感受。

连忙返回去，把夏纾凌身上的包取下来背在自己身上，然后伸出手拉住夏纾凌。

“对不起，关于两个人的相处，很多地方，我还需要学习。”

夏纾凌豁然一笑，刚刚的小委屈顿时烟消云散。这样的黎沂辰，没有了以前的冰凉和棱角，开始照顾起身边人的情绪，对他来讲，真是莫大的进步，她自然很欣慰。

爬到一个山坡的凉亭时，两人停了下来。清新的空气、明媚的阳光，凉爽的清风，一切的一切，美好得有些不像话，黎沂辰站在崖边，俯瞰着下面郁郁葱葱的一切，嘴角慢慢地扬起了好看的弧度。

“咔嚓！”

在一旁的夏纾凌没忍住，拿着手机拍下了这美好的一幕。又在黎沂辰转过脸一脸茫然看着她的时候，有些羞窘地笑了笑。

“你喜欢拍照？”

“呵呵，还……还好！”夏纾凌避开了他的眼神，生怕他会因此不高兴。

“那你站好，我给你拍一张！”

“啊？”夏纾凌有些吓一跳，连忙摆手，“啊，不，不用了……”

她可没自信让黎沂辰给她拍照，再说了，自拍和他拍完全是两回事好吧？

可是来不及了，那惊慌失措的搞笑样子，已经存在了黎沂辰的手机里。

“不要啦，丑死了，快删掉！”

夏纾凌想要上前去抢手机，黎沂辰却利落地把手机放进了裤兜里，然后冲着夏纾凌宠溺一笑。

“我从没有使用过手机的拍照功能……”

“什么意思？”

“就是你是第一个占了我手机内存的人啊……”

夏纾凌蒙了,他这话怎么听着这么撩人啊？从没有使用过拍照功能，那是不是相册里就只有刚刚那一张照片啊？天啦，早知道就不偷拍他了，他要是某天拿着这个照片威胁她该怎么办啊？

就在夏纾凌各种纠结的时候，黎沂辰居然趁她不注意的时候，来了一张合照。

“啊？你又偷拍？”

“张秘书说，爱情这种东西是藏不住的，有了女朋友，就一定要恨不得昭告天下！”黎沂辰边倒腾手机边说。

“什么意思？”

“昨天刚申请了一个微博，一晚上粉丝已经过万，刚刚的合照，我已经发出去了，作为我的第一条微博……”

夏纾凌一听，顿时慌了，想要去抢手机，可由于对方的身高优势，她再次扑了个空。

不过，没一会儿，夏纾凌的手机响了一下，是一条微博信息，简短的几个字赫然出现在眼前：大家好，给大家介绍一下，这是我女朋友@夏大哈。

下面则是刚刚拍的照片。

“黎沂辰，你怎么知道我的微博号？”

“有空记得互关一下！”

夏纾凌绝望地想要哀号了，这大Boss什么时候变得这么腹黑了？张秘书你到底教了他些什么啊？

两人继续前行，到达山顶时，气温骤降，虽不至于很冷，却淅淅沥沥地下起了小雨，山顶上有一座寺庙，今天来的人不是很多，所以，夏纾凌和黎沂辰便去到里面避雨。

夏纾凌虽然不是什么信教徒，但看到庄肃的佛像，还是会忍不住拜拜，这不得不让她想起了上次在寺庙里求签遇到的那个大师，然后有声有色地把这件事告诉给了黎沂辰。

“你相信这个？”

“起初不相信，不过现在信了。”

夏纾凌转过头看向黎沂辰，心里甜甜的。原来大师说的那个眼前人，是黎沂辰啊，缘分这种东西，果然很奇妙。

黎沂辰扬唇一笑：“命运向来都是掌握在自己的手里，与其相信这些，不如让自己变得强大！强大到可以改变自己的命运。”

“那是你啊！有些人不管怎么努力，都不可能改变自己的命运，就像是我面对你，就有种胳膊拧不过大腿的感觉……”

黎沂辰自然知道夏纾凌说的是老宅那件事，不由得有些愧疚和小委屈：“我说过，只要你愿意，我可以重建老宅。”

夏纾凌摇了摇头：“不用了，有些东西，就算复原，也回不到过去了。”说完，见黎沂辰还是那副愧疚的表情，她不由得伸出手摸了摸他的头，“没关系，这件事，我已经不生你的气了……”

黎沂辰长这么大，谁摸过他的头？一脸蒙地看着夏纾凌的那个样子，好像是受了什么莫大委屈一样，夏纾凌这才意识到自己刚才的行为，本想道歉的时候，他突然伸出手也摸了摸她的头。

似乎是感觉不错，黎沂辰微微扬起了嘴角。

关于两个人的相处，他似乎越来越感兴趣了。

因为第二天一大早要看日出，所以，两人晚上在寺庙里吃了斋菜。寺庙里也有供香客借宿的厢房，到了晚上，佛堂的僧人敲起了木鱼，念起了经，整个寺庙都沉浸在肃穆的氛围里，夏纾凌不敢一个人待在厢房，便去找了黎沂辰。

“这个床板那么硬，要不我把我那边的垫子拿过来给你铺上吧？你睡眠质量……”

夏纾凌还没说完，黎沂辰便从后面抱住了她：“夏纾凌，谢谢你。”

夏纾凌以为他说的是铺床的事：“不用啦，反正我是怎么都能睡的……”

“如果不是遇见你，我不会发现我还有这一面，我本以为只要自己强大了，就能掌控一切，可面对你，我却有太多的不自信和慌张……”

热热的呼吸呼在夏纾凌的耳畔，厢房的灯不是那么亮，此时此刻的气氛真是暧昧到了极点，夏纾凌转过身，害羞地把耳边的头发撇到耳后。

“你很好，反而是我，面对你，才是真的不太自信。”

“嗯？”

“这还不明显吗？连小悠都说，我是个要身材没身材，要长相没长相的三无人员，相比之下，我太过于普通，根本就……”

夏纾凌刚一抬起头，嘴唇便被黎沂辰封住了，比起前两次的生涩，这次的吻，缠绵温热，温柔得有些让人战栗。

正当夏纾凌想要尽情享受这一刻的时候，黎沂辰忽然撤开了，原本温热的唇，慢慢地变得有些冰凉了。

黎沂辰转过身不看夏纾凌，久久地才吐出几个字："夏纾凌，你还是回自己房间吧！"

"哦！"

听到这样的口气，夏纾凌有些失落，他好像是在生什么气？但是又不敢问。

走到门口的时候，黎沂辰忽然补充了一句："你不要想太多，我虽然没谈过恋爱，但也不是没见过女人，你只要记住，能让我心动的，就只有你一个……"

忽如其来的告白，还真是让夏纾凌一点心理准备都没有，想着这里还是寺庙，外面的那些和尚还在念着四大皆空的经文，就突然觉得好害羞啊，捧着红红的脸，落荒而逃了。

夏纾凌走后，黎沂辰摸了摸自己已经冰凉下来的唇，有些懊恼也有些惋惜，虽然张秘书都说了，现代这个社会很多都是"先上车后补票"了，但他还是克制住了自己的欲望，因为珍贵，所以才更加要珍惜。

黎沂辰没有关门，搬了个凳子坐在门口，微凉的夜风，加上有节奏的木鱼声，或许能让自己平静下来……

凌晨五点，两个人摸黑去到了山顶的崖边，附近三三两两已经来了不少人，夏纾凌找到一块干净的石头坐下，早上的气温有些低，不过她一早就准备好了热茶，旋开瓶盖，倒了一杯递到黎沂辰的面前。

热热的东西一下肚，整个身子都跟着暖和起来，虽然现在天还不是很亮，但她还是能看出黎沂辰没有休息好。

“我都说把我的垫子给你拿过去睡了，昨晚一定又没睡好吧？”

“跟床没关系。”黎沂辰轻描淡写地回了一句。他当然会失眠，一是因为她，二是因为那些和尚敲了一晚上的木鱼，总之，这样的感觉，似曾相识。

“你公司的事情处理好了吗？”因为实在找不到什么话题，夏纾凌便想着问问工作上的事。

“没多大问题了，有丹妮在，损失已经降到最低了。”

“哦，她可真厉害……”

“她确实挺厉害的，不过比起我，还差一点！”

这是夏纾凌第一次听黎沂辰夸别人，虽然知道LY和他的关系，但心里却还是多少有些介意，毕竟，她跟LY比起来，真的是一无是处，简直就是两个极端。

“我其实一点也不恨我的父母，我只恨我自己。小的时候，恨自己不能保护好妈妈，长大了，又恨自己能力不够，最恨的还是自己要强的性格，明明心里挺在乎他们，面上却要保持冷酷无情……”

话题突然这么一转，让夏纾凌有些被吓到，之前关于黎沂辰的事情，都是从别人那里得知的，这还是他第一次主动提起这件事。

“现在回头还不晚啊，老先生一直都在盼着你解开心结回到他身边呢！”

听到夏纾凌这么说，黎沂辰就这么定定地看着她，良久才释怀一笑，然后把手伸到夏纾凌的跟前：“你愿意陪我一起面对吗？”

此时云海的尽头，已经泛起了黄色的光，映照在黎沂辰的脸上，像是给他勾勒了一条柔和的线条，夏纾凌看得有些恍惚，把手缓缓地伸过去，笑着点了点头。

“黎沂辰，谢谢你！谢谢你愿意为我敞开心扉，让我走进你的心。”夏纾凌的眼角有些湿润了，回想起两人认识的过程，真是不是冤家不聚头，不过好在，路途虽坎坷，结果却是让人皆大欢喜的。

此时，太阳已经露出了半个头，整片云海都被染红了，夏纾凌转过脸，有些兴奋：“黎沂辰，你看，太阳出来了！真是太漂亮了……”

兴奋的表情只持续了几秒后便慢慢收敛住了，夏纾凌忽然感觉自己的手背上一阵温热，转过头一看，是黎沂辰低头正在吻她的手背。

“再好看的日出，也不及在我心中的你漂亮！”

亲吻完后，黎沂辰抬起头，夏纾凌这才发现，套在无名指的钻戒。

“黎沂辰……”

“张秘书说，求婚需要仪式，戒指一定要有，虽然我不赞同他给我写的那些求婚方案，但是这枚戒指，必须要给。”

夏纾凌看了看那颗硕大的钻石，不由得咽了咽口水，本来是心里的声音，却不小心说出了口：“你突然这么大方，我还真是有点受宠若惊。”

黎沂辰没料到夏纾凌会这么说，眨巴眨巴眼，反问道：“我是那么小气的人吗？”

夏纾凌连忙摇头否认：“没，没有啦，我的意思是说，太突然了，我有点被吓到。”

“这只是订婚戒指，结婚戒指还在定做中，张秘书说了，需要给对方一点时间，不能急于求成，所以，你要是以后反悔了，可以跟我提出分手。”

听到这么一说，夏纾凌把戒指连忙摘了下来，塞进黎沂辰的手里：“我看还是你先把这枚戒指收好吧，如果我哪天真的反悔了，我怕到时候舍不得把戒指还给你。”

“你会反悔吗？”

“那可说不一定！毕竟你曾经是我恨不得想要大卸八块的人……”

“夏纾凌，我都说了，我可以为你重建老宅的，这件事你究竟要耿耿于怀多久？”

“看心情吧！”

“夏纾凌……”

“黎沂辰，你都没看到日出，白起这么早了……”

“夏纾凌，我现在很严肃地跟你讨论这件事，你不要扯开话题……”

“黎沂辰，你饿不饿啊？要不我去给煮早饭啊？”

“夏纾凌……”

“黎沂辰，你个大傻瓜……”

“干吗又突然骂我？”

“大傻瓜大傻瓜……”

“……”

04. 先上车后补票

一年后……

宋轶的第三家咖啡分店开业了，夏纾凌抱着一大束花来到了咖啡店门口。

“阿凌，你来啦？”宋轶见状，连忙从店里跑出来，接过她手上的花，“来就来，还抱这么重的东西干什么？你现在可是孕妇，要是有个三长两短，我可不好向黎大总裁交差！”

“闭嘴啦！就你话多！”夏纾凌没好气地一巴掌呼在宋轶的头上。

看着店里面有个奇装异服的姑娘一副老板娘的架势在忙上忙下，夏纾凌不由得扬起了笑意。

“小轶，你现在可不得了了，事业爱情双丰收，宋阿姨现在在外面说的都是：‘你看看，这是我儿子……厉害吧？’”

“怎么，后悔当初没选我了？我一直都觉得自己是潜力股的，你还不信！”

“得了！给你三分颜色，还开起染坊了。你到底什么时候给人家女孩一个名分啊？我可听说了啊，人家的家世可不简单呢，别到时候惹出麻烦。”

“你这都没结婚呢，我着什么急啊？”宋轶笑着招呼夏纾凌在就近的桌子旁坐下。

夏纾凌被这句话逗得有些难为情，正想又是一巴掌呼过去的时候，黎沂辰出现了，一把抓住了她的手。

“又趁我不在，跟别的男人打情骂俏。”语气严肃，但眼里却是十分宠溺。

“你不是说公司很多事要忙，不过来的吗？”

“我可不给有心之人可乘之机。”

黎沂辰顺着夏纾凌旁边的位置坐下来，傲娇的眼神打量着周围：“好歹我也是大股东，哪有开业也不来的道理？”

听到这句话，夏纾凌整个都惊呆了，转过脸，久久才问出一句话：“你是大股东？你什么时候入股的？”

“从第一家咖啡店开始……”宋轶在一旁解释。

“第一家店……不是，我怎么不知道这件事？”

“还记得我第一家店要开业的时候，你们一起过来的事吗？”

夏纾凌点点头。

“你身上被咖啡溅到了，然后去了洗手间……”

“然后呢……”

“然后，他就威胁我，说我不投资他的店，他就会对你死缠烂打！”黎沂辰在旁边补充了一句。

“小轶，你居然……”

“我那不是威胁好不好？是我退出的条件，对于黎大 Boss 来说，很合理啊……”

宋轶笑得灿烂，夏纾凌真是气得都快翻白眼了，这两人居然背着她，把她当作商品在交易？

“黎沂辰，还好我们还没结婚啊……不然，我都来不及后悔。”

“你别再说了，对于婚前性行为这件事，我已经自责了快三个月了。”

“闭嘴啦！”

这一年来，其实已经开始慢慢习惯黎沂辰这看似正经却撩拨死人的说话方式，但是每每又不分场合瞎说，她真的快无地自容了，这中年男人，是真的不知羞吗？

几个月后，医院产房里的一声啼哭，划破了走廊里安静又焦急的气氛，黎沂辰在走廊里徘徊了近一百多个回合后，护士终于把他的孩子给抱了出来。

“恭喜黎先生，是个儿子！”

黎沂辰瞥了一眼襁褓里的小人儿后，便焦急地抓着护士问：“我老婆呢？”

“夫人已经被推去病房休息了……”

黎沂辰边朝病房走，边给张秘书打电话：“戒指怎么还没拿来？别废话，我马上就要看到！是谁说的先上车后补票的？这件事情你要是处理不好，明天就不要来上班了……”

时间过得很快，宝宝很快就到了百日，举办百日宴的同时，也是两人的正式婚礼。

夏纾凌坐在梳妆间，看着镜子里穿着婚纱的样子，还有些恍惚，生孩子都不会紧张的她，此刻却紧张得像个小女孩。

“姐，我真是太羡慕你了，没想到你相貌平平、身材平平，却可以收割钻石男神，我一定要像你学习！”

“啪！”

夏纾凌对着夏小悠就是一拍：“好好学习吧你！一天到晚犯花痴！”

“你别一天到晚就知道打人家小悠，再聪明的孩子都被你打傻了。”

此时，宋轶走了进来，今天的他，一身黑色西装，整个人精神满满，看上去格外帅气阳光。

“你店里那么忙，还过来参加我的婚礼？”

“我不来，谁牵着你走红地毯啊……”

宋轶这么一说，夏纾凌的眼泪立马就有些包不住了，对啊，她人生中这么重要的时刻，父母亲都没在自己的身边，小妹是个永远长不大的孩子，唯一让人踏实有依靠的，就只有宋轶了。

还好没有因为不是爱情，而失去了这么好的朋友。

《婚礼进行曲》响起，宋轶挽着夏纾凌的手步上了红毯，接受着大家的眼神洗礼和祝福。

“真希望站在那头的人，是我啊……”宋轶小声在夏纾凌的耳边嘀咕了一句。

“你小声点，别让你女朋友听见了……”

宋轶一惊，连忙转头看向了女朋友的位置，那鼓着嘴气呼呼的样子，似乎是在吃着醋，看来也是个心眼小的姑娘。

“对了，忘记告诉你了，小悠刚刚好像被那个叫堂本的给勾走了……”

“什么？”夏纾凌猛然停住脚步，然后视线便开始在人群中乱扫。

“好啦，别担心啦，人家也是大学生了，情感这种东西，不是你能控制的啦！”

夏纾凌白了一眼宋轶，心情有些复杂，深吸了一口气后，看向站在不远处的黎沂辰。

白色西装，整个人高大又挺拔，那双眼睛看向别人时，睿智冷静到冰凉，看向自己的时候，却温存深邃带着宠溺。夏纾凌本不是颜控会犯花痴的那种女人，可看到黎沂辰，还是会觉得自己好幸运，有种恨不得向全世界炫耀的心情。

“我守护了十几年的女人，最后却还是拱手让人了。哎，你要是对她不好，我可咽不下这口气！”宋轶说完，把夏纾凌的手交到了黎沂辰的手里，眼神恍惚，不敢看某处。

“有些东西不是你的就不是你的，不过，还是要感谢你这十几年的守护，我可以考虑为你下一个连锁店投资……”

“喂，这么多人在这里，说话可要算话啊！”

宋轶一笑，粲然阳光，可不知为什么，从夏纾凌的那个角度看过去，却带着点点的晶莹，不由得有些鼻酸，对于宋轶，哪是一句“谢谢”就能表达的。

交换戒指的时候，夏纾凌看着设计独特的戒指，忍不住反问：“订婚的时候，那么大颗钻石，怎么结婚戒指，连钻石都没有？”

“你什么时候变得这么势利了？这可是高定，设计师花了好长时间才完成的。”黎沂辰不紧不慢地拿出戒指给夏纾凌戴上。

黎沂辰这么一说，夏纾凌这才仔细一看，瞳孔不由得慢慢放大："这是折扇和香囊的造型，是陆鼎生和若兰的定情信物！"

看着夏纾凌的反应，黎沂辰貌似很满意，对于哄女孩子开心这件事，他貌似越来越得心应手了。

礼成之后，夏纾凌跟着黎沂辰去拜见老先生，可能是人逢喜事精神爽，最近老先生的身体好了许多，而且自从有了这大胖孙子后，每天都要抱着哄很久，整个屋子都是老先生的笑声。

"夏纾凌，谢谢你，让我终于再次感受到家人的温暖。"黎沂辰微笑着说。

"不，黎沂辰，应该是我谢谢你才对，因为你，我终于有了属于自己完整的家……"

"不，还不完整呢！"

"嗯？"

"还差一个女儿……"

"……"

番外之 魂寄前世今生

从“怡香苑”出来后，夏纾凌拖着醉了酒的黎沂辰，准备回客栈，但是此时的街上却异常热闹，应该是之前迎亲的活动还没结束。

很想去凑凑热闹，可看了眼旁边的黎沂辰，夏纾凌无奈地叹了口气。

好像是能明白似的，黎沂辰忽然站直了身体，看了看那边的人山人海，又看了看夏纾凌，突然说道：“我们去扮新郎和新娘吧？”

夏纾凌以为是自己听错了：“你说什么？”

黎沂辰双手扶住夏纾凌的肩膀，一副特别认真的表情：“你不是想要去吗？我……我可以陪你！”

黎沂辰脸有些红红的，眼神在不是很亮的灯光映照下，有些迷离，这样子的黎沂辰，竟莫名有些可爱呢！

夏纾凌也不问黎沂辰确不确定了，拉着他就往人群中拱，一副生怕他后悔的着急样儿。

半小时后，两人都换好了装，黎沂辰虽然有些醉醺醺的，但还是乖乖地按照剧本在走，这醉了酒任人拿捏的性格，还蛮招人喜欢的。

从没有穿着古装结婚的体验，等着被迎亲的感觉竟有些紧张，可是一联想到剧情，突然又觉得有那么一丝伤感，这木府的小姐嫁给了一个不爱自己的男人，不也是一个悲剧吗？

人人都在悲痛有情人不能终成眷属的时候，这木家大小姐又有谁来同情？

一阵敲锣打鼓后，夏纾凌感觉有人推门进来了，紧张得直抠手指头，因为盖着盖头，所以不知道眼前是个什么景象，只在脑海里幻想着黎沂辰穿上新郎服是个什么样子。

他那个衣服架子，古今中外的服饰应该都Hold得住吧？

正想着这些的时候，突然房间里一下子安静了下来，夏纾凌还以为是在准备什么仪式，可几分钟过去了，依旧没有什么动静。

“你们在干什么呢？”夏纾凌轻声问道，见还是没人回应，便索性揭下了盖头。

这一揭，简直揭得有些惊心动魄。

这……根本不是之前的那个房间啊？

转身一看，差点吓个半死，床边居然还坐着一个女人，同样穿着婚服，手里拿着丝绢，一下一下地擦着眼泪，夏纾凌害怕地咽了咽口水，伸出手想要去摸她，谁知在快要触碰到的时候，一下子抓了个空。

幻觉？

不对啊，自己貌似很清醒，而且也没醉到产生幻觉的地步啊？

穿越？

也不对啊，起码穿越还能跟人互动，这摸都摸不着算个什么鬼？

啊鬼？难道是见鬼了？

夏纾凌吓得腿一软，瘫坐在床榻上，我的乖乖，不带这样玩的啊！

还没等夏纾凌缓过神，人物、场景又变了，房间还是这个房间，但是坐在床边的女人换坐在桌子边了，衣服也换成了常服，黑夜也变成了白天，手里依然拿着张丝绢，左右擦着眼泪。

夏纾凌站起身，来到女人的旁边，仔细地瞧了瞧，女人肤白貌美，手指纤细如葱白，一看就是十指不沾阳春水的大家闺秀，可是为什么要一直哭呢？

正费解时，一个丫鬟端着饭菜推门走了进来，嘴里唤了一句："小姐，你还是吃点东西吧？要是老爷知道你嫁过来后是这个样子，一定会心疼的。"

"嗬，连你也觉得我很可悲了是吗？"女人自嘲一笑，眼睛始终盯着门口的位置，像是在盼望着谁来一样。

"心兰不敢，心兰只是心疼小姐。"

"你确实该心疼我，想我堂堂一个木府大小姐，居然会比不过府上的一个卑贱丫鬟，这要是传出去，我木婉心还有何脸面？"

听到这里，夏纾凌恍然大悟，敢情这女人就是陆鼎生娶回来的木家大小姐？她实在是很难形容此时的震惊程度，她居然穿越到这个故事当中来了？

这比撞鬼还让人毛骨悚然。

接下来一个眨眼，场景又变了，依旧是在房间，不过天已经黑了，木婉心正坐在桌前刺绣，门突然打开了，闯进来一个喝得烂醉的男人。

仔细一瞧，居然跟黎沂辰长得有几分相似。

“木婉心，你们究竟把若兰藏到哪里去了？”男人一把抓住木婉心的肩膀，猛烈地摇晃着她，“你们还我若兰，还我若兰……”说完便瘫倒在地，嘴里一直念着若兰的名字。

木婉心苦笑，蹲下身上用手拨开男人脸上沾着的发丝：“陆鼎生啊陆鼎生，你说你怎么就那么固执呢？若是不去在乎那些过程，跟谁都能随便过完一生，非得执着于此，毁掉三个人的幸福作为代价……”

木婉心说这话的时候，眼神里是浓得化不开的忧伤，那纤弱的身躯，明明看上去没有什么力量，却硬是把陆鼎生给拖上了床，然后又叫丫鬟打来了热水，就这么悉心照顾了他一个晚上。

时间一转，镜头忽然像是老式胶带电影一样，一帧一帧地在眼前放过，大多数的场景，都是在这个房间里，木婉心或坐或站，或刺绣或书法弹琴，始终都是形单影只，陆鼎生偶尔会到这里来，但没有一次给过好脸色，木婉心起初会发脾气，到后来似乎渐渐习惯了，沉默代替了一切。

“小姐，街上庙会可热闹了，你怎么不出去看看啊？”心兰问。

“待在家里挺好的。”木婉心手里拿着书，看得认真。

“可是小姐，你自打嫁到状元府，就从来没有出过门，也不见任何人，大家都在猜，是不是因为你太丑，才不好意思出去的，我都替小姐你委屈。”

“漂亮也好，丑也罢，不过都是人的皮相，我长得再美，不也比不上他心里的若兰吗？”

“姑爷好像又去怡香苑了……”

“你去准备些吃的，晚些送到姑爷房里，还有，给他点一个助眠的香炉，他最近睡眠不好……”

“小姐，姑爷怎么就不识得你的好……”

“这些小事本就是我该做的，你不要在姑爷面前多嘴……”

“知道了，小姐！”

……

时间又是一晃，冬天到了，下了一整夜的大雪，院子里白花花的一片，亮得有些晃眼睛。木婉心身子骨弱，裹着厚厚的大衣，依旧是抵御不了这刺骨的寒冷，大夫开了很多药，这咳疾却怎么也不见好。

嫁到状元府已经大半年了，木婉心依旧是大门不出二门不迈，她写了一封家书，让心兰送到木府。这路途遥远，来回快也得两三天，这心兰不在的日子，木婉心连个说话的人都没有。

到了晚上，听府里的家丁说，陆鼎生又去怡香苑了，怕若兰天冷冻着自己，还专门叫人做了蚕丝被送了去。木婉心实在是羡慕，有些按捺不住，乔装成男儿身，跟着去了怡香苑。

“鼎生，你是状元郎，老来这种烟花之地，对你的名声不好！”隔壁的房间隔音效果不是那么好，木婉心坐在床边，便能听个清楚，这声音的确是若兰的，还真是有些久违。

“我不在乎，只要能跟你在一起，我做什么都愿意。”

听到这里，木婉心哼哧一笑，她多么希望他也能对她说这句话。

“可是你总这样，对小姐很是不公平，毕竟她才是你的结发妻子。”

“可当初是他们骗我在先，所以这也是她自找的……”

自找的吗？木婉心听到这句话后手紧紧地捂住胸口，心痛到无法呼吸，或许就是这样的感觉吧？

她没勇气再继续待下去，从房间里出来梨花带雨的样子，把门口的老鸨都给吓了一跳。

这次回去后，木婉心病得更加严重了，她躺在床上，两眼无神地看着门口，脸色苍白，像是一朵随时都会凋谢的梅花。她忽然想起她出嫁的那一天，陆鼎生拉着她拜了堂，又抱着她进了洞房，然后揭下她的盖头，说她比他想象中的要美很多。

心兰回来时，木婉心正端坐在铜镜前梳妆。

“心兰，你去帮我约见一下若兰，这么久了，我们也该见见面了。”

“好的，小姐！”

心兰走后，木婉心坐在了桌案前，把之前写好的信装进了信封，脸上虽上了妆，可还是隐隐地看出她的虚弱。夏纾凌站在一旁，竟突然觉得她美得不可方物。

木婉心去见若兰的场景，夏纾凌没有看到，情景转换的时候，夏纾凌只看到一个身影纵身一跳，等反应过来时，才发现是有人跳湖了。

夏纾凌吓得不轻，连忙跑到湖边，可是黑压压的湖面，除了一些水纹和不断往外冒的泡之外，什么都看不见。

若兰自杀投湖了？

正在这时，陆鼎生慌张地跑了过来，看到湖边留下的扇子后，也是二话没说，纵身往湖里一跳，这一刻，世界仿佛都安静了。

……

突然下坠的失重感让夏纾凌突然一个激灵，从床上翻坐了起来，像是做了一个很长的梦一般，整个人有些浑浑噩噩，但有一点还是可以确定的，她现在是在客栈的房间里。

夏纾凌从床上起身，脑子里突然闪过一些画面，随后便有两滴热泪滴了下来。

“原来，第一个跳湖的人不是若兰，而是木婉心……”

陆鼎生醒来时，是若兰守在他旁边的，她跟陆鼎生说了木婉心去找她的那件事。

“我以为她是想要给我施压，让我离开你，没想到，她却说，与其得不到，还不如放手成全。”若兰擦着眼角的泪，“但我不知道她所说的成全，是要牺牲自己的性命。”若兰说完，递过来一封信。

“比翼坠渊情焚天，连理枝断痛难言，相思苦守一生缘，啼悲吟伤一世间，朱花碧叶终有散……”

“小姐说，她之所以从不出门，就是不想让别人知道状元夫人长什么样子，也是为了成全姑爷和若兰姑娘。”若兰一边说一边擦着眼泪，对于她来说，她的小姐才是最可怜的人。

原来，木婉心故意穿着若兰的衣服投湖，是为了让别人认为若兰已死，那么若兰便可以她的身份正大光明地待在陆鼎生的身边，既成全了他们，又保住了状元爷的名声，这是木婉心能想到的最好的办法了。

心兰知道木婉心有这个打算后，吓了一跳，于是便匆匆去找了陆鼎生，怕他见死不救，所以撒谎说是若兰投湖了，陆鼎生听闻后，便有了之前跟着跳湖的举动，木婉心没救上来，陆鼎生还险些丧命，最后是被府里的家丁给救上来的。

“若兰姑娘，这是小姐要我转交给你的。”心兰把那把折扇递给了若兰。

若兰接过手，不由得热泪盈眶。这是陆鼎生给她的定情信物，当初离开木府时，是她亲手转交给木婉心的，还给她讲了当时交换定情信物时说的话，想着有了这些，陆鼎生便会相信她就是她，可如今，物归原主，物是人非。

后来，两人在湖边给木婉心立了一个衣冠冢，之后，陆鼎生便带着若兰离开了。

关于陆鼎生和若兰的故事，开始以各种版本在坊间流传。有人说，两人合起来陷害了木家大小姐，然后逃离；也有人说，若兰被木家大小姐逼着投湖，陆鼎生气不过，一纸休书休了木婉心，然后他开始过着浑浑噩噩的生活；然而，传得最多的，还是若兰和陆鼎生为爱殉情，久而久之，竟慢慢地传成了佳话……

“不对啊，吃糖果的人明明是黎沂辰，为什么我会做这种奇怪的梦？难道是因为黎沂辰亲了我？然后梦境莫名其妙地转移到了我身上？还是说，因为这件事情是发生在老宅？所以才会让我目睹这一真相呢？奇怪，昨天明明喝完酒去参加迎亲活动的，怎么又会在客栈的房间里醒过来？”

夏纾凌越想越觉得头痛，觉得还是去问问黎沂辰，究竟是怎么一回事，可是不知道是没睡清醒还是太过于着急，她下床的时候，一下子撞到了床帏杆上，痛得她眼泪花花的，等缓过来的时候，却突然忘记自己刚才要干什么了。

不仅如此，关于刚才的那个梦境，脑子里一点印象都没有了……

正在这时，门外响起了敲门的声音，是老板娘，手里端了一碗还冒着热气的姜汤。

“你说你们两个，酒量不好干吗还去喝酒？一个醉倒在迎亲的闺房里，一个直接醉倒在迎亲的门口，整个活动，都被你们两个给搞砸了……”

番外之 记忆屋的糖果

婚后，夏纾凌除了生孩子带孩子外，业余生活也很丰富，她一直以来最大的遗憾就是没去上大学，所以，在黎沂辰那里软磨硬泡了好久后，终于通过他的关系，去一所成人大学进修学业。

今天有一堂是著名心理学教授的课，夏纾凌很是感兴趣，早早就去占好了位置。

等到要开场的时候，黎沂辰突然在她旁边的位置坐了下来。

“你怎么来了？”

“你上学比我上班还忙，都没时间跟我约会了，怕你忘记我这个老公，所以出现一下，加深你的印象。”

“嘁，我又不是没回家，说得那么严重……”

嘴上虽有埋怨，但夏纾凌心里还是美滋滋的。黎沂辰已经不是以前的黎沂辰，现在的他，已经被她成功塑造成了超级暖男，虽然有时候腹黑得让人跺脚。

台上灯光一亮，教授闪亮出场，一身正装的中年大叔，留着小胡子，戴着老学究的眼镜，不过，却越看越觉得面熟。

“这……不是糖果屋的那个老板吗？”

夏纾凌捂住了嘴，什么医院的心理医生、寺庙的算命和尚，如今又是什么心理学的教授，天啦，究竟是她眼花了，还是一个人可以同时拥有这么多身份？

“同学们，大家好，我就是汤米罗教授，很高兴来到这里跟大家上课，今天我要讲的内容呢，就是在心理学上关于情感共鸣这一块……”

“什么是情感共鸣？准确的定义应该是：两个人或者一个群体在日常行为和生活上产生了一种灵魂上的和精神的无限延展和沟通。对事物的看法和理解基本一致，达到配合默契的交往。”

“人与人之间有了共鸣，才算是深刻的理解。而每个人的经历、身世和处境又是如此不同，我们怎么才能有共鸣？答案就是：情感。”

“或许，我们无法完全理解他人的世界，但是我们可以非常清楚地知道当我们感受到这些情绪时的体验。”

“理解不光是对事情，对看法，对价值观的知晓，更是对一个人情绪，情感的感同身受。很多时候我们感到难以理解别人，是因为我们太关注于找到那些我们熟悉的认同的观点、角度、想法和认识，而忽略了在每一个灵魂深处，情感的共鸣是最亲密、最真挚的体验。”

明明是特别正经又言之凿凿的心理学课，可在夏纾凌听起来，却是这样的——

现在我就来公布一下，记忆屋里的糖果制作秘方，首先，我们要准备上好的原料，也就是糖，然后，各自加入 20% 的喜、怒、哀、乐，剩下的 20%，就花在后期的装饰上，一颗完整的糖果，代表着一个人某些记忆部分的构成……

没错，这颗糖，除了甜之外，还有最大的一个功效，就是与吃糖果的人的精神产生情感共鸣，或许是相同感情之间的共鸣，也有可能是不同感情之间所产生的激烈碰撞，这就是所谓的灵魂交流，只要你愿意，欢迎再来记忆屋，更多的体验和惊喜，等待着你去发掘……

“天啦，黎沂辰，原来你做的那些梦真的跟糖果有关系……”

“你说什么？”黎沂辰对夏纾凌突然的言论感到不解。

“我是说，原来那个糖果里，融入了别人的记忆，你吃下去后，因为产生了共鸣，所以才会做一些不属于自己的梦……”

“喂，夏纾凌，你别吓我，你知不知道你在说些什么？”

夏纾凌在黎沂辰的晃荡中猛然回过神，这才发现，课早已经结束了，而那位叫汤米罗的教授也早已经离开了。

“教授呢？我还有问题要去问他呢！”

“早走了啊……”

“那我们快去找他，问清楚糖果的事……”

“老婆，你没事吧？从刚才起，就一直糖果糖果的，你想要吃糖吗？我去给你买……”

“不是啊，你还记得记忆屋吗？”

黎沂辰摇摇头。

“那你还记得你梦见陆鼎生和若兰的那个梦吧……”

黎沂辰再次摇摇头，看夏纾凌还想要说些什么，他连忙阻止道：“我看你今天比较累了，还是跟我回家休息吧！”

夏纾凌有些不可置信地看着黎沂辰，还以为是黎沂辰故意逗她，但几天过后，她再次提起这件事时，黎沂辰还是表示不记得，然后她提起一起去清水镇的事情，黎沂辰倒是没有否认，但是他说他去那里完全是为了公事出差……

总之，一切的一切，变得诡异而又神秘，像是醉后的迷糊梦幻，夏纾凌再也没有见过那个大叔，而关于记忆屋，除了她，没人知道……